KB272366

# 완벽한 엄마 대신
# 충분히 좋은 내가 되기로 했다

# 완벽한 엄마 대신
# 충분히 좋은 내가 되기로 했다

**초 판 1쇄**   2026년 04월 13일

**지은이** 이순자
**펴낸이** 류종렬

**펴낸곳** 미다스북스
**본부장** 임종익
**홍보국** 김가영
**편집장** 김은진, 이예나, 안채원
**디자인** 윤가희, 임인영, 윤영빈
**책임진행** 국소리, 김해일, 송가희, 김경은

**등록** 2001년 3월 21일 제2001-000040호
**주소** 서울시 마포구 양화로 133 서교타워 711호, 808호
**전화** 02) 322-7802~3
**팩스** 02) 6007-1845
**블로그** http://blog.naver.com/midasbooks
**전자주소** midasbooks@hanmail.net
**페이스북** https://www.facebook.com/midasbooks425
**인스타그램** https://www.instagram.com/midasbooks

ⓒ 이순자, 미다스북스 2026, *Printed in Korea*.

ISBN 979-11-7355-838-2  03810

값 19,000원



**미다스북스**는 다음세대에게 필요한 지혜와 교양을 생각합니다.

# 완벽한 엄마 대신
# 충분히 좋은 내가 되기로 했다

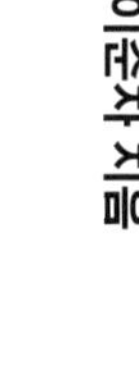

미다스북스

# 완벽한 엄마 대신
# 충분히 좋은 내가 되기로 했다

누군가에게 본보기가 되기 위해 쓴 성공담이 아닙니다. 특별한 재능이나 빠른 선택으로 인생을 바꾼 이야기 또한 아닙니다. 오히려 준비되지 않은 삶 속에서 시작된 육아와 생계, 관계와 책임의 무게를 오랜 시간 감당하며 살아온 한 사람의 기록입니다. 어린이집을 35년간 운영해온 베테랑 원장이지만, 처음부터 단단한 사람이 아니었습니다. 흔들렸고, 무너졌고, 수없이 자신을 의심했습니다. 그런데도 여기까지 오게 된 이유는 단 하나, 고난을 피해 가지 않고 배우는 길을 선택했기 때문입니다.

인생에서 고난은 예외적인 사건이 아니었습니다. 어느 한 시기에 잠깐 찾아왔다 사라진 어려움도 아니었습니다. 육아는 늘 전쟁 같았고, 일은 언제나 책임을 요구했으며, 관계는 생각보다 훨씬 더 복잡했습니다. 아이를 키우는 일은 사랑만으로 해결되지 않았고, 어린이집을 운영하는 일은 선의만으로 유지되지 않았습니다. 부모와의 갈등, 교사와의 관계, 아이를 보내야 하는 순간의 아픔, 그리고 원장이라는 이름 뒤에 숨겨진 외로움까지. 하루하루는 버티는 것만으로도 벅찼고, '잘하고 있는 걸까'라는 질문은 늘 따라다녔습니다. 솔직하게 미화하지 않고 썼습니다. 좋은 원장이 되고 싶었지만 늘 부족하다고 느꼈고, 좋은 엄마가 되고 싶었지만, 죄책감에서 벗어날 수 없었습니다. 잘하려 애쓸수록 관계는 더 어긋나기도 했고, 감정 앞에서 무너지는 날도 많았습니다. 무너지는 시간은 단단함과는 거리가 멀어 보였습니다. 시간이 흐른 뒤에야 깨닫게 되었습니다. 모든 흔들림이 실패가 아니라, 삶을 배우는 과정이었다는 사실을 말입니다.

인생 경험 중 중요한 전환점은 '늦은 공부'에서 시작됩니다. 45세, 이미 많은 역할을 짊어진 나이에 다시 배움의 자리에 섰습니다. 늦었다는 두려움은 컸고, 다시 초보가 된다는 사실은 쉽지 않았습니다. 상담심리, 감정 이해, 긍정심리, 놀이와 관계에 대해 배우며 처음으로 자신을 깊이 이해하기 시작합니다. 아이를 이해하기 전에, 부모를 설득하기 전에, 교사를 이끌기 전에 자기 자신을 해석할 언어가 필요하다는 사실을 알게 된 것입니다. 배움은 도피가 아니었습니다. 현실을 외면하는 선택도 아니었습니다. 배움은 오히려 다시 삶의 한가운데로 데려왔습니다.

감정을 이해하면서 관계를 다시 보게 되었고, 긍정을 훈련하며 자신을 다그치던 방식에서 벗어나게 되었습니다. 놀이의 본질을 배우며 아이 뿐 아니라 어른 역시 회복이 필요하다는 사실을 체감했습니다. 그 과정에서 원장의 역할 또한 달라졌습니다. 답을 주는 사람이 아니라 질문을 품는 사람, 지시하는 사람이 아니라 중심을 잡아주는 사람이 되어 갔습니다.

고난은 사라지지 않지만, 의미는 바뀔 수 있다는 것입니다. 삶에서 고난을 완벽히 제거할 수 있는 사람은 없습니다. 그러나 고난을 어떻게 해석하느냐에 따라 인생의 방향은 달라집니다. 고난을 극복한 사람이 아니라, 고난을 통해 자신을 다시 세운 사람입니다. 그래서 '버텨라'라고 말하지 않습니다. 대신 묻습니다. "지금 이 고난은 나에게 무엇을 가르치고 있는가." 라고.

이런 독자에게 닿기를 바랍니다.

육아와 일, 가정과 직업 사이에서 늘 자신이 부족하다고 느껴온 사람. 책임의 자리에 있으면서도 누구에게도 속마음을 털어놓지 못했던 리더. 관계가 어려워 늘 자신을 탓해온 사람. 그리고 나이가 들수록 새로운 시작이 두려워진 어른들. 이 책은 그런 독자에게 "당신이 늦은 것이 아니라, 지금까지 너무 많은 역할을 해 왔을 뿐"이라고 말합니다.

책을 읽고 난 뒤 독자의 삶이 하루아침에 달라지지는 않을 것입니다. 고난이 갑자기 사라지지도 않을 것입니다. 고난은 여전하더라도 분명 달라지는 지점이 있습니다. 실패를 바라보는 시선이 바뀌고, 관계에서 감정을 다루는 언어가 달라지며, 자신을 평가하는 기준이 조금 느슨해질 것입니다. '나는 왜 이것밖에 안 될까'라는 질문 대신, '나는 지금 무엇을 배우고 있는가.'를 묻게 될 것입니다. 그것이 이 책이 독자에게 주는 가장 현실적인 효용입니다. 단단한 인생은 처음부터 강해서 만들어지는 것이 아니라고. 흔들리며, 배우며, 다시 일어서는 과정을 통해 만들어진다고. 숨기지 않고 보여줍니다. 고난이 나였던 시간, 어떻게 배움으로 이어졌는지를 차분히 풀어냈습니다.

자기 삶을 다시 이해하고 싶은 당신에게 작은 기준점이 되기를 바랍니다. 버텨온 시간을 부정하지 않고, 늦은 시작을 두려워하지 않으며, 앞으로의 삶을 조금 더 단단하게 살아갈 수 있도록 돕는 동반자가 되기를 바랍니다. 고난은 이미 충분히 견뎌왔습니다. 이제는, 배움으로 삶을 다시 세울 차례입니다.

**2026. 봄.**

**이순자**

# 목 차

# 관계의 재해석 —————————————— 제2장

아이보다 어른이 더 어려웠던 시간



# 책임의 자리 —————————————— 제3장

버티는 사람이 아니라 책임지는 사람이 되기까지

# 배움의 힘 ——————————— 제4장

**늦은 공부가 내 삶을 다시 세웠다**

# 충분히 좋은 나 ——————— 제5장

## 고난을 지나 삶의 태도를 배우다

# 고단함의 시작

---

## "나는 왜 이렇게 힘든 걸까?"

엄마가 된다는 것은 준비된 삶이 아니라 흔들리는 삶을 받아들이는 것이고 생각보다 훨씬 서툰 일이다. 나는 어린이집 원장이었지만, 집에서는 매일 흔들리는 엄마였다. 엄마는 완벽해서 좋은 것이 아니라, 흔들리면서도 다시 일어나기 때문에 위대하다.

1

## 준비되지 않은 삶이
## 나를 엄마로 불렀다

나는 엄마가 되었다.

새벽 두 시, 방 안은 숨을 죽인 듯 고요했지만 호진이의 울음은 그 고요를 가차 없이 깨뜨렸다.

어둠 속에서 나는 호진이를 안고 서성였다. 안아도 울고, 내려놓아도 울었다. 팔은 점점 저려 왔다. 눈은 따끔거리며 시야가 흐려졌다. 시계 초침 소리는 마치 마음을 재촉하듯 또렷했다.

"왜 우는 거야…."

그 말이 입 밖으로 나오는 순간, 나는 이미 울음의 문턱에 서 있었다. 호진이보다 내가 먼저 무너질 것 같았다. 그날 밤, 나는 육아는 책 속 문장처럼 오지 않는다는 것을 처음으로 깨달았다. 사람들이 말하던 '기적 같은 순간'은 없었다. 대신 끝이 보이지 않는 밤과 이유를 알 수 없는 울음, 그리고 나 자신을 의심하는 마음만이 있었다. 그렇게 나는, 준비되지 않은 채 엄마가 되었다.

1986년 3월, 결혼했다. 연탄을 때야 하는 주택에 신혼집을 마련했다. 따뜻한 물은 나오지 않았고, 집 안에는 찬 기운이 돌았다. 그해 12월, 첫째 호진이가 태어났다. 한겨울이었다. 밤 열 시부터 시작된 진통은 다음 날 오전 열한 시가 되어서야 끝났다. 열두 시간이 넘는 시간 동안 나는 내 몸이 아닌 것처럼 견뎌야 했다.

갓 태어난 호진이의 얼굴을 바라보며 기쁨보다 먼저 든 감정은 안도도, 감격도 아닌 막막함이었다. 스물여덟 살의 초산 엄마였던 나는 내 몸을 돌볼 틈도 없이 호진이의 숨소리와 체온부터 확인했다. 출산 후 사흘 만에 호진이를 안고 집으로 돌아왔다.

남편은 방을 따뜻하게 데워두었다고 했지만, 문을 여는 순간 느껴진 것은 싸늘한 공기였다. 내 몸도, 마음도 으스스했다. 호진이보다 내가 먼저 떨고 있었다. 아니나 다를까, 호진이는 자주 아팠다. 한 달의 절반은 병원을 오갔다. 집에는 따뜻한 물이 나오지 않았고, 아궁이에 연탄을 때야만 물을 데울 수 있었다. 큰 찜통에 찬물을 가득 담아 거의 한 시간을 끓여야 겨우 아이를 씻길 수 있었다. 물은 늘 부족했고, 나는 늘 서둘러야 했다.

세탁기도 없었다. 똥 기저귀를 찬물에 빨며 손이 얼어붙는 감각을 느꼈다. 손끝이 갈라지고 감각이 무뎌져도 멈출 수 없었다. 호진이는 하루가 멀다고 아팠고, 그때마다 병원으로 향했다.

그런 어느 날, 남편이 말했다.

"호진이가 이렇게 자주 아픈 건 네가 잘 못 돌봐서 그런 거 아냐?"

그 말은 비수처럼 들렸다.

나는 아무 말도 하지 못했다. 준비되지 않은 상태로 엄마가 되었고, 반박할 언어도, 나를 변호할 여유도 없었다. 출산 전까지 나는 삶이 이렇게까지 달라질 것으로 생각하지 않았다. 힘들긴 해도 어떻게든 되겠지, 그렇게 막연히 여겼다. 그러나 아이가 내 품에 안긴 순간, 이전의 나는 사라졌다. 대신 아무도 자세히 가르쳐주지 않은 역할 하나가 내게 주어졌다.

'엄마.' 그 이름은 생각보다 훨씬 무거웠다.


나는 팔 남매의 막내로 자랐다. 집에는 늘 사람이 있었고, 누군가가 곁에 있었다. 그래서 몰랐다. 아이를 키운다는 일이 이렇게 고립된 경험일 줄은. 살림도 서툴렀고, 아이를 다루는 손길도 어색했다. 젖병 각도를 몰라 몇 번이나 다시 잡았고, 아이가 칭얼대면 이유를 몰라 당황했다.

'엄마면 본능적으로 알게 된다.'라는 그 말은 내 삶에는 오지 않았다.

아이의 밤과 낮은 뒤 바뀌어 있었다. 밤이 되면 나는 긴장했다. 불을 끄는 순간부터 마음이 조여 왔다. 언제 울음이 터질지 몰라 숨을 죽이고 귀를 세웠다. 울음이 시작되면 다시 안고, 걷고, 달랬다. 그러다 문득, 스스로에게 묻고 있었다.

"나는 왜 이렇게 못할까. 다른 엄마들은 다 잘하는 것 같은데."

아기는 울음으로 세상과 연결되고 있었다. 그러나 울음을 감당하는 나는 늘 혼자였다.

"엄마니까 참아야 한다."라는 말은 위로가 아니라 침묵의 규칙이었다. 몸은 점점 지쳐갔고, 생각은 어두워졌다. 힘들다고 말하는 순간, 사랑이 부족한 사람처럼 보일까 두려워 입을 닫았다. 그렇게 감정은 쌓였고, 말하지 않았던 마음은 나를 안쪽에서부터 마르게 했다.

큰아이가 겨우 열다섯 달 되었을 때, 둘째가 태어났다. 두 아이의 울음은 번갈아 가며 들리고 있었다. 서로를 부르듯 이어졌다. 한 아이를 안으면 다른 아이가 울었고, 한 아이를 내려놓으면 또 다른 울음이 시작되었다. 나는 방 한가운데 서서 잠시 멈췄다.

왼쪽에서는 첫째가 울고 있었고, 오른쪽에서는 갓난아기가 숨이 가쁜 울음을 터뜨렸다. 어느 쪽으로 먼저 몸을 돌려야 할지, 짧은 순간에도 망설임이 길어졌다. 손은 이미 한 아이를 향해 뻗어 있었지만, 귀는 다른 울음을 놓지 못하고 있었다. 그날의 나는 선택하고 있었다. 더 크게 우는 쪽이 아니라, 더 오래 혼자 울고 있던 쪽을 향해 몸을 기울였다. 선택이 옳았는지는 지금도 알 수 없다. 다만 그때의 나는 살고 있다기보다 버티고 있었다. 하루만 생각하고 견디었다. 내일의 일은 내일 생각하기로 했다.


　어느 날부터 나는 기준을 바꾸기 시작했다.

　오늘 얼마나 잘했는지가 아니라, 오늘 떠나지 않았는지를 묻기로 했다. 아이의 울음 앞에서 조급해지면 숨을 고르고, 자신을 책망하기보다 "오늘도 버텼다"라고 말해 주었다. 누군가의 조언보다 내 하루를 먼저 존중하려 했다. 작은 태도 변화는 육아를 넘어 삶 전체로 번져갔다. 사람을 판단하기보다 이해하려 했고, 서툰 마음 앞에서 조금 더 오래 머무를 수 있게 되었다. 훗날 아이와 부모, 교사를 바라보는 나의 시선은 이 시절의 경험 위에서 자라났다.

　고난은 나를 부수지 않았다. 배움은 나를 살렸다.

　육아의 시작은 내 인생에서 가장 혼란스러운 장면이었다. 동시에, 내가 나로 다시 태어난 첫 장면이기도 했다. 고난은 단번에 의미가 되지 않았다. 고난은 지나야 하는 시간이었고, 버텨야 할 하루였다. 그러나 그 안에서 배움을 시작했을 때, 나는 다시 숨을 쉬기 시작했다. 육아는 아름답지 않아도 된다. 눈물로 시작해도, 흔들리며 시작해도 괜찮다. 중요한 것은 완벽하게 해내는 것이 아니라, 끝까지 함께하는 것이다.


　완벽해지려 애쓰는 순간 우리는 지치지만, 끝까지 함께 하기로 선택하는 순간 엄마는 이미 충분히 좋은 내가 된다.

2

# 매 순간이 선택이자
# 흔들렸던 날들

내 삶에는 유난히 '역할'이라는 단어가 많았다. 엄마의 역할, 아내의 역할, 딸과 며느리의 역할. 하나만 해도 벅찰 이름들이었지만, 나는 그 모든 이름을 동시에 붙잡고 살아야 했다.

젊은 날의 나는 준비되어 있지 않았다. 세상을 충분히 배웠다고 말할 수 없었고, 경제적으로도 넉넉하지 않았다. 그러나 책임져야 할 것은 많았다. 가정이 있었고, 아이가 있었고, 나를 바라보는 눈들이 있었다.

그런데도 내 안에는 한 가지 소망이 또렷하게 자리 잡고 있었다. 어린이집을 운영하고 싶었다. 아이들 곁에서 일하고 싶었고, 아이들의 웃음이 가득한 공간을 만들고 싶었다.

그 꿈은 조용했지만 강렬했다. 나는 남편에게 용기를 내어 말했다.

"나 어린이집 하고 싶어. 동의해 줘."

그 한 문장은 내 인생의 큰 갈림길 앞에서 꺼낸 고백이었다.

남편은 쉽게 동의하지 않았다. 그의 표정은 복잡했다. 걱정과 현실적인 계산이 먼저였다.

'지금 형편에 가능하겠어?'라는 질문이 그의 눈에 담겨 있었다.

나는 알고 있었다. 우리의 형편은 넉넉하지 않았다. 막연한 열정만으로 시작하기에는 두려운 일이었다. 그러나 내 안의 목소리는 멈추지 않았다. '지금이 아니면 안 된다.'라는 생각이 나를 붙잡았다.

나는 한 달 동안 남편에게 떼를 쓰듯 조르기 시작하였다. 매일 조금씩 이야기하였다. 설득이라기보다는 고백에 가까웠다.

"아이들 곁에서 일하면 잘할 수 있을 것 같아.", "나는 그 일이 좋아.", "한 번만 믿어 줘."

남편은 쉽게 고개를 끄덕이지 않았다. 그 역시 책임을 지고 있는 가장이었다. 실패하면 어떻게 할지, 생활은 어떻게 할지 계산이 안 되는 모양이었다.

한 달 동안은 인내의 시간이었고, 선택을 기다리는 시간이었다. 포기할 것인지, 더 설득할 것인지. 나는 포기하지 않았다.

1990년 12월, 드디어 어린이집을 시작하게 되었다. 작은 공간이었다. 크지도 화려하지도 않았다. 그러나 그 공간에는 내 결심이 담겨 있었다.

처음 문을 열던 날의 공기를 나는 아직도 기억한다. 낯설었지만 설레었고, 동시에 두려웠다.

‘이 선택이 옳았을까’라는 질문이 스쳤다. 그러나 이미 돌아갈 수는 없었다. 선택은 늘 한 방향이었다. 나는 엄마이자 아내이면서 동시에 원장이 되었다. 아침에는 가정을 돌보고, 낮에는 아이들을 돌보고, 밤에는 서류를 정리하였다. 하루가 어떻게 지나가는지 모를 만큼 바빴다. 선택은 나를 편하게 해 주지 않는다는 것과 오히려 더 많은 책임을 데려온다는 것을 그때 나는 깨닫게 되었다.

책임이 무거울수록 정신이 번쩍 들었고 또렷해졌다. ‘나는 이 길을 선택한 사람이다.’라는 자각이 나를 버티게 하였다.


담임을 맡고 있던 최 교사가 원장실 문을 노크했다.

“원장님, 드릴 말씀이 있습니다.”

그 한 문장에는 이미 예감이 담겨 있었다. 나는 마음이 철렁 내려앉았다.

최 교사는 조심스럽게 말했다.

“복사뼈가 아파서 더 이상 근무를 지속하기 어렵습니다. 그만두어야 할 것 같습니다.”

난감했다. 어린이집 운영이 이제 막 자리를 잡아가던 때였다. 교사가 빠진다는 것은 곧바로 운영의 위기였다.

‘지금 이 상황에서 그만둔다고?’ 솔직히 그런 생각이 먼저 들었다.

그러나 곧 알게 되었다. 교사의 통증은 거짓이 아니었다. 몸이 아프면 일을 지속할 수 없다. 나 역시 엄마였기에, 아픈 몸으로 버티는 것이 얼마나 힘든지 알고 있었다.

그때 또 한 번의 선택 앞에 서 있었다. 붙잡을 것인가, 보내줄 것인가.

원장으로서 당장 교사가 필요했고, 감정적으로는 야속한 마음이 들기도 하였다. 일 중심보다는 한 사람으로서 교사의 아픔을 무시할 수 없었다.

나는 보내주기로 선택하였다. 선택은 늘 손해를 감수하는 일이었다. 당장 교사를 채용해야 했고, 나는 교실에 들어가 선생님의 역할까지 하게 되었다. 나의 업무는 더 늘어났다.

그때 나는 여러 역할 사이에서 흔들렸다. '엄마로서 나는 잘하고 있는가.' '아내로서 나는 충분한가.' '원장으로서 나는 부족하지 않은가.'

모든 역할을 완벽하게 해내고 싶었지만, 현실은 그러지 못하였다. 아이가 아플 때는 교실을 비워야 했고, 교사가 부족할 때는 가정을 미뤄야 했다.

선택은 언제나 다른 무엇인가를 내려놓게 하였다. 한 가지는 분명하였다. 만약 그때 어린이집을 시작하지 않았다면, 나는 아마도 누군가의 아내로, 누군가의 엄마로만 불렸을지도 모른다.

나는 자신의 이름을 붙잡았다. 원장이라는 이름은 단순한 직함이 아니었다. 나의 결심이자, 나의 도전이었다. 최 교사는 내가 붙잡는다고 머무를 수 없다는 사실을 알고 있었다. 대신 보내는 교사에게도 진심을 담아 이해해 줄 때, 관계와 마음이 편안하다는 것을 배우게 되었다.

선택은 나를 강하게 만들지 않았다. 오히려 자주 흔들리게 하였다. 그러나 그 흔들림 속에서도 나는 나를 잃지 않았다.


돌아보면 내 젊은 날은 선택의 연속이었다. 어린이집을 시작하기로 한 선택, 남편을 설득한 선택, 교사를 보내기로 한 선택. 그 선택들은 나를 편안하게 해 주지 않았다. 때로는 눈물로, 때로는 불안으로, 때로는 책임의 무게로 다가왔다.

선택은 환경에 떠밀린 사람이 아니라, 스스로 결정한 사람이 되었다.

나는 완벽하지 않았다. 그러나 매 순간 선택하였다. 도망치지 않고, 머무르지 않고, 앞으로 나아가는 쪽을 택하였다.

1990년 12월의 작은 시작은 나의 인생을 바꾸어 놓았다. 그 한 번의 선택이 35년의 세월을 만들었다.

준비되지 않은 인생이었지만, 선택은 나를 엄마로, 원장으로, 그리고 한 사람의 어른으로 성장하게 하였다.


한 번의 선택과 용기가 오늘의 나를 만들었다. 그리고 나는 여전히, 선택하며 살아가고 있다.

# 3

# 아이는 말없이
# 집으로 돌아왔다

나의 발걸음은 늘 뛰고 있었다. 어린이집 교사로, 한 아이의 엄마로, 그리고 한 가정의 아내로 하루를 세 번쯤 살아 냈다. 아침에는 아이들의 웃음소리 속에서 교사였고, 오후에는 장을 보고 빨래하는 살림꾼이었고, 밤이 되면 두 아들의 이불을 덮어 주며 함께 지내는 엄마가 되었다.

집안일은 끝이 없었다. 설거지하면 금세 또 그릇이 쌓였고, 정리하면 아이들의 장난감이 다시 거실을 점령했다. 바닥은 매일 쓸어도 매일 더러워졌고, 빨래는 개어도 또 나왔다. '왜 이렇게 바쁠까?' 하는 생각이 들었지만, 그 질문을 붙잡고 있을 시간조차 없었다.

그 무렵 나는 호진이와 호민이를 키우고 있었다. 두 아이는 나의 전부였지만, 동시에 나를 시험하는 존재이기도 했다. 특히 첫째 호진이는 예민하고 섬세한 아이였다. 작은 변화에도 마음이 흔들렸고, 낯선 공간에서는 쉽게 얼어붙었다. 나는 그 아이의 손을 잡고 세상으로 나아가야 했지만, 정작 나 자신은 일상에서 균형을 잃어가고 있었다.

그러던 어느 날, 그 아이가 말없이 집으로 돌아왔다.


그날도 평소와 다르지 않은 날이었다. 아이들은 미술학원에 다니고 있었다. 나는 '아이에게 예술적 감성을 길러주고 싶다.'라는 좋은 의도로 시작했지만, 그 선택이 아이의 마음에는 어떤 의미였는지 깊이 들여다보지 못했다.

호진이는 처음부터 학원을 힘들어했다. 낯선 친구들, 낯선 선생님, 익숙하지 않은 공간. 그림 그리는 시간보다 그 공간에 적응하는 일이 더 버거워 보였다. 학원에서 돌아오면 말수가 줄었고, 밥도 평소보다 적게 먹었다.

"재밌었어?"

내가 물으면 고개만 끄덕였다.

그날은 달랐다. 창문을 열고 밖을 바라보니 한 아이가 오고 있었다. 아이는 집으로 들어와 조용히 앉아 있었다. 울지도 않았고 소리 내어 화내지도 않았다. 그저 말없이 집으로 돌아왔다. 순간 나는 심장이 내려앉았다.

나는 아이를 보며 여러 감정이 동시에 올라왔다. '왜 그랬을까?' 하는 걱정과 '내가 너무 무리하게 보낸 건 아닐까?'라는 자책을 하였다.

하지만 그날은 생각을 깊이 할 여유가 없었다. 집안일이 밀려 있었고, 저녁 준비도 해야 했고, 다음 날 수업 준비도 해야 했다. 나는 아이를 안아 주기보다 먼저 물었다.

"왜 말도 없이 왔어?"

아이의 눈이 더 작아졌다. 그 눈빛은 '엄마, 나 힘들었어!'라고 말하고 있었지만, 나는 그 신호를 제대로 읽지 못했다.

그날 밤 설거지하며 나는 문득 멈춰 섰다. 물소리가 크게 들렸다. 종일 이어진 분주함 속에서 나는 중요한 것을 놓치고 있었다. 집안일은 완벽히 해내려 하면서, 정작 아이의 마음은 서둘러 정리하려 했다.

집안일의 어려움은 단순히 일이 많다는 데 있지 않았다. 마음의 여유를 앗아간다는 데 있었다. 아침부터 밤까지 쉼 없이 이어지는 살림과 직장 일은 나에게 '일' 중심으로 살게 하였다. 호진이의 말을 들어주었어야 했는데 그 마음은 뒤로 밀려났다.

둘째 호민이는 비교적 적응이 빠른 아이였지만, 그 역시 엄마의 바쁨을 눈치 채고 있었다. 형이 힘들어하는 날이면 조용히 옆에서 장난감을 가지고 놀았다. 나는 두 아이를 공평하게 사랑하고 싶었지만, 바쁜 일에 쫓기어 두 아들에게는 사랑을 충분히 표현하지 못했다.

그즈음 나는 자주 균형을 잃었다. 직장에서는 좋은 교사와 원장이 되고 싶었고, 집에서는 완벽한 엄마가 되고 싶었다. 살림에서는 흠잡을 데 없는 아내가 되고 싶었다. 그러나 그 모든 역할을 한 사람이 동시에 완벽하게 해내기란 애초에 불가능한 일이었다.

아이의 미술학원 사건은 나에게 질문을 던졌다. '지금 나는 무엇을 위해 이렇게 바쁘게 살고 있는가?'

그날 이후 나는 중요한 일을 놓치지 않기 위해 노력하였다. 학원을 당장 끊지는 않았다. 대신 아이와 충분히 이야기했다.

"엄마가 네 마음을 몰랐구나. 힘들었지?"라고 먼저 말했다. 아이는 그제야 눈가에 이슬이 맺혔다. 그 눈물은 학원이 싫어서라기보다, 엄마가 아들의 마음을 다독이지 못한 것에 대한 서러움이었을지도 모른다.

나는 집안일의 기준을 조금 낮추었다. 먼지가 조금 있어도 괜찮고, 반찬이 세 가지가 아니어도 괜찮다고 자신을 다독였다. 대신 아이와 앉아 그림을 그리는 시간을 늘렸다.

아이의 적응은 놀랍게도 '엄마의 여유'와 함께 조금씩 좋아졌다. 학원에서 울던 아이는 점차 선생님에게 말을 걸기 시작했고, 친구의 그림을 구경하며 웃기도 했다. 완벽한 해결은 아니었지만, 아이는 더 이상 말 없이 집으로 돌아오지 않았다.

나는 그때 깨달았다. 일상의 균형은 외부 조건이 아니라 내 마음의 선택에서 시작된다는 것을. 집안일은 줄어들지 않았고, 직장 일도 여전히 많았다. 그러나 나의 기준이 바뀌자 숨이 조금 쉬어졌다.


육아하는 동안 나는 스스로 부족하다고 느꼈다. 더 잘해야 하고, 더 완벽해야 한다고 생각했다. 아이의 작은 어려움조차 나의 실패처럼 받아들였다.

그러나 아이가 말없이 집으로 돌아온 그 날 이후, 나는 비로소 멈춰 서게 되었다. 완벽한 엄마가 되려다 아이의 마음을 놓칠 뻔했다는 사실을 깨달았다.

그 후로 나는 선택하기 시작했다. 완벽한 엄마 대신, 충분히 좋은 나를 선택했고, 집안일을 조금 미뤄도 아이의 이야기를 먼저 듣는 내가 되기로 하였다.

직장에서의 일도 중요하고 소중하다. 그리고 가정의 온기도 소중히 여기려고 애를 쓰게 되었다.

실수해도 다시 배우면 된다는 마음으로 스스로 다독이게 되었다.

육아의 고단함은 여전히 나를 시험했지만, 그 고단함 속에서 나는 배움을 발견했다. 아이는 나를 성장시키는 스승이었다. 호진이가 말없이 집으로 돌아온 후 깨닫게 된 것은 중요한 것을 먼저 듣도록 가르쳤고, 호민이의 배려는 '천천히 보라.'고 알려주었다.

나는 여전히 바쁘게 살았고, 여전히 넘어지기도 했다. 그때마다 부족함을 바라보기보다 내게 주어진 감사를 보기로 했다. 그리고 그 선택은 나를 더 단단하고 따뜻한 엄마로 자라게 했다.

**4**

# 지친 나, 길을 찾아가다

종일 바쁜 시간이었다.

하루는 늘 나를 앞질러 달아났고, 나는 그 뒤를 헐떡이며 따라가고 있었다. 해야 할 일은 많았고, 멈출 수 있는 자리는 없었다.

겉으로는 잘 해내고 있는 사람처럼 보였지만, 아무도 모르게, 아주 조용히 속에서는 서서히 균열이 생기고 있었다.

무더운 여름 오후, 네 시가 넘은 시간이었다. 그날은 특별한 날이 아니었다. 그래서 더 선명하다. 평범한 하루가 사람을 무너뜨릴 수 있다는 사실을 나는 그날 처음 알았다.

호진이와 호민이가 미술학원에서 돌아왔다. 아이들을 씻기고 옷을 갈아입히니 어느새 다섯 시가 훌쩍 넘었다. 저녁을 준비해야 했다.

냉장고 문을 열었을 때 남아 있는 재료는 양파 하나뿐이었다. 순간 숨이 막히는 듯했다.

"된장찌개라도 끓이자."

두 아이에게 "엄마, 시장 갔다 금방 올게." 하며 집을 나섰다. 감자, 두부, 마늘, 고추… 그리고 또 무엇이 필요하더라. 시장에서 두부 한 모를 집어 들고 감자 한 봉지, 고추와 깐 마늘을 장바구니에 담았다. 바지락을 찾았지만 보이지 않았다. 그냥 돌아왔다.

집에 들어서자 거실은 이미 난장판이었다. 호민이는 형이 로봇을 가져갔다며 울먹이며 내 다리에 매달렸고, 호진이는 놀이에 흠뻑 빠져 횡횡 날아다니고 있었다. 장난감은 안방까지 흩어져 있었고, 세탁해 개어 두려던 옷가지들은 거실 여기저기에 널브러져 있었다.

소리를 지를 힘도 없었다. 장바구니를 싱크대 위에 올려놓는 순간 심장이 빨리 뛰기 시작했다. 곧 남편이 들어올 시간이었다.

냄비를 꺼내다 그만 손에서 미끄러졌다. 냄비는 바닥으로 떨어지며 내 발가락 위를 찍었다. "악!" 소리가 저절로 터져 나왔다. 아이들이 잠시 나를 보더니 다시 놀이로 돌아갔다. 그 무심함이 이상하게 더 아프게 느껴졌다.

절뚝거리며 가스레인지 앞에 섰다. 파란 불꽃이 유난히 크게 치솟았다. 감자를 씻고 껍질을 벗기고, 양파와 두부를 썰었다. 물이 끓자 된장과 고춧가루를 풀었다.

불을 세게 켜 둔 탓에 국물이 넘쳤고, 가스레인지 위는 엉망이 되었다. 간을 보니 싱거웠다. 된장을 더 넣어야 할지, 소금을 더 넣어야 할지 알 수 없었다. 내 입맛보다 남편의 입맛이 먼저 떠올랐다. 계란찜은 불 조절에 실패해 바닥을 태워버렸다.

일곱 시, 남편이 들어왔다. 거실을 잠시 훑어본 뒤 안방으로 들어갔다가 식탁에 앉았다. 된장찌개를 한 숟갈 떠먹은 남편의 미간이 찌푸려졌다.

"간을 하긴 한 거야?" 계란찜을 먹고는 말했다.

"이거 왜 이렇게 짜?" 그리고 마지막으로 덧붙였다.

"탄 음식 먹고 암 걸리는 것 아니야?" 그 말은 음식에 대한 평가가 아니었다. 그날의 나는, 나라는 사람 전체가 부정당하는 느낌을 받았다. 나는 아무 말도 하지 않았다. 싱크대로 가서 물을 틀었다. 컵을 닦는 척하며 눈물을 소매 끝으로 닦아냈다. 남편은 밥을 비우고 자리를 떴고, 아이들은 여전히 토닥거렸다.

행주를 쥔 손에 힘이 풀려 바닥으로 떨어졌다.

그날의 나는 그렇게, 아주 조용히 무너지고 있었다.

노력해도 인정받지 못한다는 감각, 애써도 보이지 않는다는 느낌이 자존감을 조금씩 갉아먹고 있었다. 나는 표정을 관리하며 웃었고, 식탁을 정리했고, 다음 끼니를 준비했다. 아무 일 없다는 듯 하루를 살았지만, 내 안에서는 무너짐이 계속되고 있었다.

나는 길을 잃고 있었다. 그러나 그 사실을 인정하지 않았다.

 

문득, 내가 좋아하는 것을 하고 싶다는 마음이 들었다. 우연히 책을 펼쳤다. 그 순간 숨이 조금 트였다. 책을 읽는 시간만큼은 내가 다시 나로 돌아오는 느낌이 들었다.

그제야 알았다. 혼자 견디는 관계와 침묵의 시간이 나를 더 깊은 우울 속으로 밀어 넣고 있었다. 그래서 나는 배움을 선택했다. 종일 어린이집에서 일한 뒤 밤에 공부하는 일은 쉽지 않았다. 몸은 늘 피곤했고, 젊은 학생들 사이에서 주눅이 들 때도 많았다.

배움은 나를 실망하게 하지 않았다. 오히려 나를 다시 세웠다. 그래서 나는 멈추지 않았다. 책 속 문장들은 나를 나무라지 않았다. 대신 질문을 건넸다.

"왜 이렇게까지 애쓰고 있니?"

"넌 어떤 삶을 살고 싶니?"라는 질문들은 나를 처음으로 이해해 주었다. 나는 무너졌던 것이 아니라, 길을 잃었을 뿐이었다는 것을 알게 되었다. 무너짐은 실패가 아니었다. 신호였다. 너무 오래 나를 돌보지 않았고, 너무 오랫동안 침묵으로 버텨왔다는 신호였다. 이제 다른 길을 가도 된다는, 나를 다시 살펴보라는 신호였다.

완벽한 엄마가 되려고 애쓰지 말고, 충분히 좋은 나로 살자. 부족해도 괜찮고, 흔들려도 다시 돌아올 수 있는 사람으로 살기를 결심했다.

내가 혼자서 흔들리던 그 시간에 독서를 하고 배움을 멈추지 않는 사람이 되었다. 누군가의 무너짐을 함부로 판단하지 않는 어른이 되었다.

돌아보면, 그날 부엌에서 흘린 눈물은 끝이 아니었다. 시작이었다.

나는 그날 무너졌지만, 완전히 무너지지는 않았다. 무너짐은 나를 멈추게 하지 않았다. 오히려 길을 찾게 했다. 잠깐 길을 잃었다는 것을 인정하였을 때 비로소 다른 길이 보였다.

흔들려도 다시 돌아올 수 있다고 스스로 말해 주는 순간, 나는 다시 일어설 수 있었다.

그때 나는 약해서 무너진 것이 아니었다. 너무 오래 혼자였기 때문에 흔들렸을 뿐이다. 무너짐은 실패가 아니라 방향을 바꾸라는 신호였다. 그 신호는 지금의 나를 만들었다.

오늘도 완벽하지 않다. 충분히 애쓰며 살아가는 사람이다. 지친 나는 길을 찾았다. 그리고 그 길 위에서, 조금 더 성장하는 어른이 되어가고 있다.

# 육아는 내 삶의 근육

혼자 견디는 육아는 생각보다 조용했다. 겉으로는 아무 일도 없는 것처럼 하루가 흘렀지만, 내 안에서는 자주 무너지는 소리가 들렸다.

사회적 지지가 부족한 육아 환경은 산모의 우울과 불안을 높이고, 자기 효능감을 급격히 떨어뜨린다고 한다. 우울감과 효능감 이론을 생각하지 못했다. 그러나 몸에서는 정확하게 반응을 보이고 있었다. 이유 없는 눈물이 자주 났고, 설명할 수 없는 피로가 하루를 지배했다. 몸은 멀쩡해 보였지만 마음은 자주 내려앉았다. 무엇이 잘못된 것인지 알 수 없었고, 알 수 없다는 사실이 더 큰 불안을 만들었다. 늘 죄책감이 따라다녔다.

"내가 왜 이렇게 약할까?"

그 질문은 나를 위로하지 못했다. 오히려 더 움츠러들게 했다. "엄마는 강해야 한다."라는 믿음은 나를 침묵하게 했다. 힘들다고 말하면 부족한 엄마가 될 것 같았고, 약해지면 아이에게 해가 될 것 같았다.

그래서 나는 참고, 숨기고, 견뎠다. 지금 돌아보면, 그 시간은 견딘다는 말로는 설명되지 않는 날들이었다.

아이들을 키우는 시간은 늘 긴장 속에서 살았다. 아이의 울음소리에 즉각 반응해야 했고, 집안일은 끝이 없었기 때문이다. 나에게 남겨진 시간은 거의 없었다.

감정을 계속 누르면 습관이 된다. 서운함이 생기면 삼켰고, 화가 나면 웃어넘겼다. 피곤해도 괜찮다고 말했고, 아파도 참을 수 있다고 말했다.

"여자는 원래 강해야 하고, 엄마는 희생해도 괜찮다."라는 사회 분위기 속에서 나의 마음을 외면하면서 살고 있었다. 견딤은 나를 단단하게 만들지 않았다. 조금씩 닳게 했다. 나는 점점 나 자신과 멀어지고 있었다.

내가 무엇을 좋아하는지, 무엇이 힘든지, 무엇이 두려운지조차 묻지 않았다. 오직 해야 할 일 목록만이 하루를 채웠다.

나의 건강을 챙기라는 신호를 몸이 보내고 있었다. 밤에 잠을 설치게 되고 두려움과 걱정이 끊임없이 지속되고 있었다. 그런데도 그냥 지나치고 있었다. 하루가 지나고 일주일이 지나고 한 달이 지나고 나니 몸은 파김치가 되었다. 피곤은 잠을 잘 자면 해결될 일이지만 숙면을 취하지 못하니 모든 일상이 아프게 되었다.

막내딸이 아프다고 하니 친정엄마가 달려왔다. 아파서 병원에 간 적이 없는 막내딸을 보고 엄마는 많이 놀라서 한숨만 쉬었다. 병원에도 가고 약도 먹었지만, 따뜻한 엄마의 사랑과 위로가 다시 일어서게 해 주었다.

육아를 한 지 5년이 지나고 나니 편안한 시간이 없을 것처럼 바쁘기만 했었는데 한가로운 시간이 주어졌다. 아이들도 조금씩 자랐다. 큰아들 호진이는 종이와 연필을 좋아했다. 말없이 그림을 그리며 자기만의 세계에 들어갔다. 둘째 호민이는 블록을 쌓고 무너뜨리고 다시 쌓기를 반복하며 세상을 배워갔다.

두 아이가 놀이에 몰입하는 그 짧은 순간, 나는 조금씩 숨을 돌리며 여유시간을 보낼 수가 있었다. 아이들이 나를 찾지 않는 몇 분의 시간은 기적처럼 느껴졌다. 정리되지 않은 집, 미뤄진 빨래, 엉성한 저녁 메뉴가 그대로 있어도 괜찮은 순간이 생겼다. 순간의 휴식은 삶의 평온을 주었다. 여행이나 긴 휴식이 아니어도, 잠깐의 여백만 있어도 사람은 다시 숨을 쉴 수 있다.


토요일 오후 햇볕이 좋은 날이었다. 나는 봉고차에 두 아들과 친구 가족을 태우고 가까운 공원으로 향했다. 아이들은 자전거를 타고, 공을 차고, 아이들의 웃음소리가 공원 가득 퍼졌다. 아이들과 함께 뛰며 웃는 그 시간, 나도 아이처럼 웃을 수 있었다.

햇볕은 따뜻했고, 바람이 시원했다. 땀은 흘렸지만, 기분이 좋아졌다. 그날만이라도 나는 엄마 역할의 무거운 짐을 내려놓았다. 그냥 나 한 사람으로 숨 쉬고 있었다.

그 하루가 내 인생을 완전히 바꾸지는 않았지만, 그 한 날은 나의 마음이 무너지지 않도록 붙잡아주었다. 그런데도 마음은 여전히 자주 흔들렸다.

누군가 '아직도 많이 힘들지. 이것도 곧 지나갈 거야.'라고 말하면 고개를 끄덕이면서도 울컥했다. 그 말은 틀리지 않았다. 그것을 알면서도, 그 순간은 이렇게 외치고 싶었다.

"나 지금 너무 힘들어. 나를 좀 도와줘."

그러나 그 말은 끝내 입 밖으로 나오지 못했다. 도움을 요청하는 법을 몰랐고, 도움을 받아도 된다고 나 자신에게도 말해 주지 못했다. 그렇게 또 하루를 넘겼고, 또 하루를 버텼다.

나는 지금에서야 말할 수 있다. 문제는 나의 부족함이 아니었다. 혼자 감당하도록 방치된 구조였다.

"한 아이를 키우려면 온 마을이 필요하다."라는 아프리카 속담처럼 육아는 생존의 지혜가 필요한 일이었다. 육아는 개인의 인내만으로 완성되는 일이 아니었다. 누군가의 희생을 강조해서도 안 되는 일이었다.

엄마에게 육아의 모든 책임이 집중될 때, 엄마는 몸과 마음에 병을 얻을 수도 있다. 사람은 서로 어렵고 힘들 때 함께해야 더 건강하게 힘이 난다.

엄마가 몸과 마음이 숨 쉴 수 있는 환경은 아이에게도 안정감을 준다. 엄마의 희생이 아니라, 엄마의 회복이 아이를 키운다.

아이를 부모가 함께 양육하고 돌보는 일은 얼마나 아름다운 일인가. 나는 그 아름다운 사실을 너무 늦게 알게 되었다.

참기 어려웠던 육아의 길을 지나온 지금, 그때를 기억해 보면 그 시간은 나를 무너뜨리기만 한 것이 아니었다.

혼자 애썼던 밤을 지나며 나는 다른 사람의 눈물을 알아볼 수 있었다. 겉으로 웃고 있지만 속으로 무너지고 있는 사람의 눈빛을 읽을 수 있게 되었다.

육아는 내 삶의 근육이 되었다. 세상을 향해 다시 나아갈 체력과 심력이 되었다. 무너지지 않고 다시 일어서는 힘이 되었고, 다른 사람의 아픔을 함부로 판단하지 않게 되었다. 완벽하지 않아도 괜찮다고 말해 줄 수 있는 사람이 되었다.


돌이켜보면, 그 시절의 나는 약해서 힘들었던 것이 아니었다. 견딘다는 말로는 부족한 날들이었다. 눈물로, 침묵으로, 애써 웃으며 넘긴 시간이 내 삶의 근육이 되었다. 아이들은 자랐고, 나도 아이와 함께 마음이 자랐다.

우리는 약해서 힘든 것이 아니다. 인생은 원래 힘든 것이다.

우리는 이미, 충분히 잘 해내고 있다. 무너지지 않는 사람이 강한 것이 아니라, 무너졌다가도 다시 일어나는 사람이 강한 것이다.

나에게 육아는 내 삶의 근육이 되었다. 육아는 세상을 향해 마음껏 외치며 나아갈 체력과 심력과 지력이 되었다.

# 6

# 나답게 애써 온 사람

나는 한때 완벽주의라는 이름의 함정에서 허우적거렸다.

"엄마인데 왜 이것도 제대로 못 할까."

이 질문은 늘 나를 따라다녔다. 아침에 눈을 뜨는 순간부터 밤에 잠자리에 들기까지, 내 머릿속을 떠나지 않는 문장이었다. 집안일이 조금만 어수선해도, 아이가 감기에 걸려도, 어린이집에서 작은 실수가 생겨도 나는 나를 먼저 탓했다.

엄마라는 이름은 언제나 잘해야 한다는 전제를 달고 있었다. 아내로서도, 원장으로서도, 나는 흠 없는 사람이 되고 싶었고, 모든 역할을 균형 있게 해내는 사람이 되려고 노력하고 있었다.

그러나 모든 역할을 완벽하게 해내는 엄마는 존재하지 않는다. 완벽을 향한 강박은 성취가 아니라 소진으로 이어진다는 것을 많은 시간이 흐른 뒤에 알게 되었다.

내가 내려놓아야 할 것은 역할이 아니라, 완벽해야 한다는 집착이었다.

실수하고 싶지 않은 마음은 나를 끊임없이 몰아붙였다. 어린이집에서 부모 상담을 마치고 돌아오는 길에도, 나는 나를 평가하고 있었다. '조금 더 따뜻하게 말할 수 있지 않았을까?', '그 질문에 충분한 설명은 되었을까?'

집에 돌아오면 내가 할 일은 산처럼 느껴졌다. 아이의 숙제, 가족의 저녁 준비, 정리되지 않은 집안일이 끝날 즈음이면 나는 늘 부족한 사람이 되어 있었다.

더 잘하려고 하는 마음은 나를 성실하게 만들었지만, 동시에 나를 지치게 했다. 잘 해내는 날보다 못한 것이 더 또렷하게 보였다.

완벽을 향한 마음은 사랑에서 출발했지만, 시간이 지난 뒤 생각해 보니 완벽은 나를 향한 억압이 되어 있었다. 그 이후 나는 감정을 억누르지 않고, 감정을 다루는 법을 배우기 시작했다. 울컥 올라오는 마음을 다그치지 않았고, 부족함을 느끼는 순간에도 나를 몰아붙이지 않으려 애썼다.

처음에는 어색했다. 자신을 다독이는 일이 낯설었다. 그러나 그 과정은 느렸지만, 분명히 나를 바꾸고 있었다.


나는 많이 달라졌다. 독서와 글쓰기가 즐겁다. 책 속 문장을 곱씹으며 내 삶을 다시 이해한다. 어린이집에서는 아이들의 놀이를 더 오래 바라보고 관찰한다. 결과보다 과정에 머무르는 시간이 늘어났다.

어느 점심시간이 지난 오후였다. 네 살 경수가 또래 친구들과 게임을 하고 있었다. 다른 친구가 일등을 하자 경수는 크게 화를 냈다.

"내가 일등 할 거야!" 큰 소리로 울먹이며 경수의 감정은 빠르게 격해졌다. 담임교사가 나에게 도움을 요청했다. 예전의 나였다면 "경수야, 친구랑 사이좋게 놀면 좋겠어."라고 말했을지도 모른다. 그러나 그날은 다르게 이야기했다. 경수를 데리고 조용한 공간으로 이동했다. 그리고 아무 말도 하지 않고 경수의 감정이 가라앉을 때까지 기다렸다. 그리고 조용히 물었다.

"경수야, 친구가 일등을 했네. 그래서 마음이 어땠어?"

경수는 울먹이며 말했다.

"내가 일등을 하고 싶었어요."

"그랬구나, 경수가 일등을 하고 싶었네. 그래서 경수의 기분은 어땠어?"

"기분이 나빴어요." 나는 고개를 끄덕였다. 그리고 잠시 후 다시 물었다.

"경수야! 친구가 일등을 했을 때 우리가 응원해 주면, 친구의 마음은 어떨까?"

경수는 바로 대답하지 않았다.

아직은 자신의 마음이 더 중요했기 때문이다. 나도 경수의 마음을 서두르지 않았다. 감정은 억누를수록 커지고, 인정받을 때 비로소 조절된다는 것을 알고 있었기 때문이다. 잠시 시간이 지난 뒤 경수의 표정은 조금씩 편안해졌다.

"나는 내 감정을 그렇게 기다려준 적이 있었는가? 나는 내 감정을 뒤로 하고 기다리고 있었네."

나는 내 감정을 기다려 주지 못했다. 엄마라서 원장이라서 더 그랬다. 아이들이 먼저였다. 내 감정은 늘 뒤로 밀려 있었다. 그래서 나의 감정에 솔직하지 못했다. 나는 늘 이해하는 사람이었다. 이해받는 사람은 아니었다. 엄마라는 이름 뒤에는 말하지 못한 죄책감이 숨어 있었다. 충분하지 못했던 순간들, 놓친 것 같은 기억들, 더 잘하지 못한 일들이 있었다.

나의 자녀를 혼내고 돌아서서 미안해했던 밤이 있었고, 어린이집에서 부모와의 소통이 잘 이루어지지 않았던 일을 자책하고 있었다. 남편에게 서운한 말을 들었을 때 바로 내 마음을 표현하지 못하고 억눌러 두었다. 죄책감이 있다는 것은 무책임했다는 뜻은 아니다. 오히려 아이들과 부모와 교사들을 사랑했고, 애썼고, 고민했다는 흔적이었다. 나는 모든 부모를 만족시키지는 못했다. 모든 역할을 완벽하게 해내지도 못했다.

그런데도 나는 아이들과 함께 성장했고, 부모와 교사의 마음을 연결하고 소통하는 일을 해 왔다. 그 부족함이 있었지만, 보육의 길은 즐거웠고 마음은 뿌듯했다. 아이의 눈높이에서 기다리는 법을 배웠고, 부모의 불안을 이해하는 사람이 되었다. 그런 삶은 충분히 좋은 내가 되지 않을까.

이제 나는 엄마여서 미안한 사람이 아니다. 나답게 애써 온 사람이다. 모든 죄책감이 실패의 증거는 아니다. 그중 많은 부분은 내가 진심으로 살아왔다는 증거다.

엄마도, 원장도 자신의 한계를 인정할 때 비로소 오랫동안 한 방향을 향해 걸어갈 수 있다. 잘하는 것은 더 발전할 수 있도록 선택하고, 부족한 부분은 보완하고 배우면서 살아가면 더 단단해진다.

완벽하지 않아도 괜찮다. 흔들리며 배워도 괜찮다. 죄책감은 나의 부족함이 아니라, 진심과 열정으로 살아왔다는 흔적이었다.

그 흔적 덕분에 나는 아이의 감정을 기다려줄 수 있는 어른이 되었고, 나 자신의 감정에도 색깔을 표현하는 사람이 되었다.

엄마라는 이름 뒤에 숨겨진 감정을 솔직하게 내려놓아본다. 나는 충분히 애써 왔고, 이제 충분히 좋은 내가 되기로 했다.

**7**

# 나는 왜
# 늘 부족하다고 느꼈을까?

준비되지 않은 인생이 나를 엄마로 만들었다.

엄마가 되겠다고 완벽한 계획을 세운 적은 없었다. 어느 날 나는 아기를 품에 안고 있었고, 그 작은 생명이 나를 엄마라고 부르기 시작했다. 그 순간부터 나는 배움 없이 시험장에 있는 학생처럼 매일 통과해야 했다.

아이는 자라는데, 나는 아직 준비되지 않았다. 육아하면서 육아서 한 권 제대로 읽지 못했고, 내 감정을 다루는 것도 서툴렀다. 아이의 울음 앞에서 불안감으로 흔들렸고, 남편의 무심한 한마디에 서러움이 올라왔다. 그러면서도 겉으로는 괜찮은 엄마처럼 웃어야 했다.

나는 왜 늘 부족하다고 느꼈을까.

아이를 사랑하는 마음은 분명 있는데, 사랑만으로는 충분하지 않았다. 다른 엄마들과 비교하면 뒤처지는 것 같았다. 하루를 성실하게 살아 내고도 만족하지 못하고 있었다.

"나는 오늘도 잘 못 한 것 같아." 그 말이 내 안에서 반복되었다.

첫아이를 낳고 처음 맞이한 봄날이 떠오른다. 아기를 등에 업고 동네를 천천히 걸었다. 사실은 집 안에만 있으면 숨이 막힐 것 같아서였다. 설거지는 쌓여 있었고, 빨래는 아직 널지 못했지만, 그냥 문을 나섰다.

산책만 다녀와도 아이의 얼굴에도, 엄마의 얼굴에 화색이 도는 것 같았다.

바람이 아이의 볼을 스치고, 햇살이 비칠 때 아이의 얼굴을 바라보면 평온함과 미소가 가득해졌다. 그 모습을 보며 '아이의 미소가 행복이구나.'라고 생각하게 되었다.

집으로 돌아오면 여전히 현실의 어려움은 그대로 있었다. 정리되지 않은 거실과 해야 할 일의 목록이 가득했다. 아이가 잠든 뒤에도 내 마음은 일상의 걱정 때문에 쉬지 못했다. 자녀를 돌보는 시간이 길어질수록 나는 점점 어려워졌다.

돌봄은 사랑이지만, 동시에 노동이었다. 아이의 밥을 챙기고, 씻기고, 재우고, 울음을 달래고, 다시 하루를 시작한다. 그 반복 속에서 나는 점점 나를 잃어가고 있었다. 나중에서야 돌봄 소진이라는 단어를 알게 되었다.

나는 그저 내가 부족해서 힘든 줄 알았다. 체력이 약해서, 인내심이 부족해서, 더 좋은 엄마가 아니라서 지치는 것으로 생각했다. 특히 아이가 떼를 쓰는 날이면 더 그랬다.

"나는 왜 좋은 엄마가 아닐까?" 아이의 울음은 내 마음을 시험하는 것처럼 느껴졌다. 아이가 아프거나 감기에 걸리면 내가 더 잘 챙기지 못한 내 책임처럼 느껴졌다. 나만 못해서 쩔쩔매고 있는 것처럼 느껴졌다.

그러나 어느 날 문득 깨달았다.

아이를 위해 영양을 생각하면서도, 내 식사는 대충 때우기 일쑤였다. 아이가 아프면 병원에 바로 갔지만, 나는 몸이 아파도 미뤘다. 아이의 감정은 세심하게 살폈지만, 내 감정은 괜찮다고 한마디로 눌러버렸다.

마음이 기쁨과 즐거움, 감사함으로 채워있어야 하는데 그런 마음이 비어 있는 사람은 풍성한 사랑을 줄 수 없다는 것을 알게 되었다. 비어 있는 마음을 채우기 위해서 나는 나를 돌봄의 대상에 포함하기로 했다.

하지만 1990년에는 엄마가 자신을 먼저 챙기면 이기적인 사람처럼 생각했다. 그러나 생각을 바꾸었다. 엄마도 아이만큼 중요하다. 왜냐하면 엄마가 웃어야 아이도 웃게 되고, 엄마가 평안해야 아이도 안정되기 때문이다.

그날 이후 나는 작은 실천을 시작했다. 아이를 재우고 나서 10분이라도 책을 읽었다. 따뜻한 차 한 잔을 마시며 하루를 돌아보았다. 누군가에게 도움을 요청하는 연습도 했다. 그리고 무엇보다, 나 자신에게 말을 건넸다.

"오늘도 수고했어."

그 말은 처음에는 어색했지만, 점점 나를 살렸다. 산책도 여전히 계속되었다.

아이의 손을 잡고 걷는 그 시간이 나를 회복시켰다. 계절이 바뀌는 것을 보며 아이도 자라고 엄마도 천천히 자라고 있었다. 자신이 부족하다고 느끼던 감각은 완전히 사라지지 않았지만, 긍정적인 시선으로 바라보려고 애쓰기 시작했다.

부족함은 성장의 공간이라고 한다. 내가 부족함을 알기 때문에 배울 수 있고, 넘어지기 때문에 단단해질 수 있다.

완벽한 엄마가 되지 못해도 괜찮았다. 충분히 좋은 엄마로 서 있으면 된다. 충분히 좋은 내가 되기 위해 실수를 줄이고, 다시 배움에 도전한다. 지치지만 다시 일어나는 내가 되기로 하였다. 그 모습이면 아이에게도 충분한 모델이 될 수 있다고 믿었다.


내가 늘 부족하다고 느꼈던 이유는 아마도 준비되지 않은 상태에서 엄마가 되었기 때문이었다. 너무 많은 역할을 한꺼번에 떠안았기 때문이었고, 엄마, 아내, 직장인, 며느리. 그 모든 이름을 잘 해내고 싶었기 때문이었다.

육아를 한다는 것은 완벽한 마음이 아니라, 진심이 아이를 키우는 것이다. 돌봄 소진 속에서도 배우기 시작하였다.

나를 돌보지 않으면 사랑하는 자녀도 온전히 돌볼 수 없다. 그래서 오늘도 나는 돌봄의 대상에서 나를 포함한다. 잠깐의 쉼과 짧은 산책, 나를 향한 다정한 한마디가 중요하다.

내일의 성장함을 기대하며, 오늘을 사랑하기로 했다. 부족한 하루라도 괜찮다. 흔들리는 마음도 괜찮다. 나는 완벽한 엄마가 되지 못해도 좋다. 충분히 좋은 나로 살 수 있으면 좋겠다. 그 자리에서 아이의 손을 잡고, 함께 자라가면 그것으로 충분하다.

오늘의 나를 사랑하는 일이 결국 내일의 나의 꿈을 이뤄 나간다는 것을 조금씩 알아가고 있다.

# 8

# 고난이 내 삶에
# 도착했음을 인정하다

3월이 오면 공기가 달라지고 긴장감이 가득하다. 아직 찬 기운이 남아 있지만, 어딘가에서 새싹이 움트는 소리가 들리는 듯하다. 어린이집 마당에도, 교실 창가에도, 그리고 사람들의 마음에도 긴장감이 돈다.

신학기 3월은 늘 그렇다. 설렘과 두려움이 함께 온다.

아이들은 새로운 환경에 들어선다. 교실이 바뀌고, 담임교사가 바뀌고, 친구들이 달라진다. 작은 몸으로는 감당하기 어려운 변화가 한꺼번에 밀려온다. 아이들은 말 대신 행동으로 표현한다. 더 자주 울고, 더 자주 안기고, 더 쉽게 예민해진다. 부모님의 마음도 마찬가지다.

"우리 아이 잘 적응할까요?"

부모의 질문이 눈빛에 담겨 있다. 아이를 맡기고 돌아서는 발걸음은 가볍지 않았다. 문을 나서면서도 몇 번이나 뒤를 돌아본다.

교사들도 긴장한다. 새로 맡은 반, 새로운 아이들의 이름을 외우고,

성향을 파악하고, 일과를 안정시키기 위해 애쓴다. 겉으로는 웃고 있지만 속으로는 '올해도 잘 해낼 수 있을까?' 하는 마음속에서 설렘과 걱정이 요동친다.

그 중심에서 흔들리면 안 된다는 원장의 마음이 있다.

3월의 긴장감과 적응의 시간 속에서 삶을 배우고 있다. 신학기 첫 주, 교실 문 앞에는 늘 작은 울음소리가 모인다. 엄마의 손을 꼭 붙잡고 떨어지지 않으려는 아이도 있고, 울음을 참으려다 결국 터뜨리는 아이도 있다. 친구들의 놀이를 바라보며 호기심 가득한 눈으로 놀이하는 아이도 있다.

3월 한 달 영유아들의 적응이 잘 이루어지면 일 년 동안 재미있고 즐겁게 지낼 수 있다. 그래서 더 많은 수고와 사랑을 아끼지 않는다.

처음 맞이하는 아이에게 천천히 다가가 아이가 좋아하는 것을 먼저 관찰한다. 아이가 놀이할 수 있도록 환경을 만들어 준다. 친구들과 선생님이 활동하는 모습을 지켜보다가 함께 어울려 놀이한다.

3월 적응 기간은 말처럼 쉽지만은 않다. 아이 한 명 한 명의 기질과 요구사항이 다르기 때문이다. 부모님의 바람은 아이가 편안한 마음으로 놀이하고 적응하는 것이다.


2024년 3월, 유난히 적응이 어려운 아이가 있었다. 교실에 들어오면 한 시간 넘게 울었다. 밥도 거부했고, 낮잠도 자지 않았다. 교사는 최선을 다했지만, 점점 지쳐갔다. 부모님은 매일 질문을 했다.

"오늘은 우리 유민이 좀 나아졌나요?"

그 질문에는 엄마의 염려와 불안이 가득했다.

원장의 마음이 흔들리고 불안하면 부모와 교사도 마음이 흔들릴 수 있다. 그래서 나는 더 단단하게 보이고 싶었다.

"조금씩 나아지고 있어요. 아이를 믿어 보세요."

그러나 나 역시 긴장하고 있었다. 아이에게는 유독 불안한 마음이 많게 느껴졌다. 부모와 헤어지기도 어려움이 있었지만, 교사와의 애착도 오랜 시간이 걸리게 되었다.

보통 영아들은 일주일에서 석 주일이 지나면 적응이 된다. 유민이는 이 개월이 지나서야 웃을 수 있게 되었으며 친구들과 어울리기 시작하였다. 주말을 가정에서 지냈거나 결석하고 등원하였으면 분리 불안이 나타나기도 하였다.

영아들의 초기 적응은 가정을 떠나 최초의 사회생활이기 때문에 아주 민감하다. 부모 상담도 중요하고 아이가 어린이집 잘 적응한다는 것은 정말 고마운 일이기도 하다.

새로운 신학기를 시작하기 전 교사와 부모를 대상으로 오리엔테이션을 한다. 교사들의 팀워크가 부모와의 신뢰와 연결되어 있어서 무엇보다 중요하다.

아이들의 관찰은 사랑의 또 다른 이름이라고 한다. 자세히 관찰하고 보살펴주고 세세한 일도 소통하여 한 학년이 시작되는 3월을 잘 보내려고 노력한다. 신학기에 부모와의 신뢰는 아주 중요하다. 아이가 잘 적응하는 일은 어린이집의 원활한 운영에도 크게 영향을 미치기 때문이다.

일과를 꼼꼼하게 관찰하고 안전과 위생에도 철저하게 살펴본다. 오늘 내가 맡은 일들을 제대로 잘했는지, 우리 선생님들은 아이들과 함께 적절한 적응을 하고 있었는지 살피게 된다.

우리 부모들은 교사와 원장에게 믿음과 신뢰가 생겼는지, 혹시 놓친 부분은 없는지 긴장하게 된다.

힘들고 어려운 일은 사건과 사람으로부터 올 수 있다. 반복되는 긴장 속에서도 나를 지키는 일이 아이와 부모, 교사들을 지키는 일이다. 그래서 몸과 마음이 건강하기 위한 방법을 찾기 시작했다.

첫 번째는 운동이었다.

몸이 약해지면 마음도 약해진다는 것을 알았다. 새벽 공기를 마시며 천천히 걷기 시작했다. 처음에는 숨이 찼지만, 조금씩 호흡이 길어졌다. 땀이 나면 생각도 함께 흘러내렸다. 복잡했던 걱정이 단순해졌다.

'오늘 하루만 잘 버티자.'

두 번째는 독서였다. 짧은 시간이라도 책을 펼쳤다. 책 속 저자의 생각을 읽으며 나의 시야를 넓혔다. 고난 속에서도 살아 낸 사람들의 이야기는 나를 겸손하게 만들었다. 도전하고 성공한 이야기에 관심이 높아졌다.

세 번째는 글쓰기였다.

하루를 돌아보며 기록하기 시작하였다. 아이의 울음, 부모의 눈빛, 교사의 수고, 그리고 나의 흔들림을 글로 적어 내려가기 시작하였다. 나의 감정이 정리되고 있었다. 막연했던 불안이 구체적인 문장이 되었다.

나는 매일 나를 표시했다. 오늘 나는 충분히 좋은 하루를 보냈는지 살펴보았다. 교사의 마음을 충분히 들어주었는지, 아이 한 명의 이름을 따뜻하게 불러주었는지 하루를 점검하였다. 특히 고난이 나를 무너뜨리지 않도록 일상을 점검하고 실행하게 되었다.

3월에 울음이 있던 아이가 4월이 되자 웃으며 등원한다. 교실에 들어오자마자 친구의 이름을 부르면 교사의 얼굴이 환해진다. 4월에 되면 부모님의 얼굴색도 달라진다. 처음에는 불안으로 가득했던 눈빛이 점점 신뢰와 믿음으로 바뀌게 된다.

'적응은 기다림의 시간이고, 불안과 수고는 관계를 깊게 만든다.'

운동하고 책을 읽었다. 글을 쓰며 나는 알게 되었다. 다정함은 감정을 억누르는 데서 오지 않는다. 다정함은 감정을 돌아보는 데서 온다. 하루를 정직하게 마주하고, 부족함을 인정한다. 웃으며 건네는 대화 속에서 다정함이 스며든다.

고난은 나를 시험했지만, 동시에 나를 가르쳤다. 신학기 3월의 긴장 속에서 나는 삶을 배웠다.

아이들은 새로운 환경 속에서 자란다. 부모는 기다림을 배우고, 교사는 사랑으로 함께한다. 나는 아이와 부모, 교사들과 함께 나를 돌아보는 법을 익혔다. 흔들리면 안 된다는 마음 대신, 흔들려도 다시 설 수 있는 사람이 되자고 다짐했다.

고난이 나를 무너뜨리지 않도록, 일상을 성실하고 다정하게 살아 내기로 하였다.

아이의 얼굴에 웃음이 돌아오고, 교사의 얼굴에 안도가 번지고, 부모의 발걸음이 가벼워지는 날을 보게 된다.

고난은 사라지지 않지만, 고난과 함께 걷는 법을 배울 수는 있다.


나는 완벽한 원장이 아니어도 괜찮다. 충분히 좋은 나로서 있으면 된다.

# 제2장

# 관계의 재해석

아이보다 어른이 더 어려웠던 시간

아이보다 어려운 것은 어른의 마음을 이해하는 일이었다. 문제는 아이가 아니라 아이를 둘러싼 관계 속에서 내 마음이 흔들리고 있었다. 아이를 이해하는 가장 빠른 길은 먼저 내 마음을 이해하는 것이다.

1

# 말을 배우기 전의 울음,
# 관계의 첫 단추

아기는 울음으로 소통을 시작하였다. 신생아의 울음은 세상에서 가장 본능적인 언어였다. 말보다 먼저 태어나는 소리, 배운 적 없지만 정확하게 필요를 담아내는 신호였다. 배고프면 울었고, 졸리면 울었고, 불편하면 울었다. 울음은 아기에게 생존이었고, 동시에 관계의 시작이었다.

그러나 그 울음을 받아 내는 어른의 세계는 그렇게 단순하지 않았다.

아기는 울고, 어른은 말로 부딪혔다. 아기의 언어는 울음이었지만, 어른의 언어는 말이었다. 설명하고, 따지고, 해석하고, 평가하는 말이었다. 울음은 짧았지만, 말은 길었다. 그리고 그 말은 때로 위로가 아니라 상처가 되기도 하였다.

나는 잠을 이루지 못한 채 아기를 안고 밤을 새웠다. 작은 몸에서 터져 나오는 울음은 멈출 줄을 몰랐다. 분명히 기저귀도 갈았고, 젖도 먹였고, 안아 주었는데도 아이는 계속 울었다. 나는 점점 지쳐갔다. 아이를 달래지 못한다는 무력감이 마음을 짓눌렀다. 엄마로서 부족함 때문에 고개를 숙였다.

더 어려운 일은 남편이 그 상황을 이해하지 못했다는 사실이었다. 그는 피곤하다고 말했고, 왜 아기는 이렇게 우느냐고 물었다. 나에게 해결책을 묻듯 말하였고, 때로는 짜증을 섞어 말하였다. 나는 그 말 앞에서 더 작아졌다. 아이의 울음보다, 어른의 말이 더 크게 들렸다.

울음은 아기의 언어이고, 말은 어른의 방어였다. 그리고 남편과 서로 다른 언어로 사랑을 말하고 있었다.


신생아의 울음은 도움을 요청하는 신호였다.

"나 여기 있어요.", "나 힘들어요.", "나 좀 안아 주세요." 아이는 그렇게 온몸으로 말하였다. 그러나 나는 그 울음을 무슨 문제가 있는 것으로 받아들였다. 울음이 길어질수록 나의 불안도 길어졌다. 왜 지치는지, 왜 나만 힘든지, 왜 나는 이렇게 서툰지 자신을 몰아세웠다.

아기를 안고 서성였던 밤들이 있었다. 새벽 두 시, 세 시가 되어도 울음은 그치지 않았다. 나는 아기의 등을 토닥이며 속으로 중얼거렸다.

"엄마 여기 있어. 아기야 울지 마라." 그러나 그 말은 아기에게 들리기보다, 나 자신에게 더 필요한 말이었다.

남편은 다음 날 출근을 해야 했고, 피곤함은 그의 짜증이 되었다. 남편의 말 몸속에는 해결되지 않는 답답함이 들어 있었다. 나는 그 말이 마치 나를 향한 평가처럼 들렸다. "네가 제대로 못 해서 아기가 우는 거 잖아?"라는 의미처럼 들렸다.

그때 남편과의 대화는 이해가 아니라 방어와 공격이 시작되었다. 나는 서운함으로 말했고, 그는 피곤함으로 말하였다. 아기는 울음으로 말했지만, 우리는 서로의 말을 듣지 못하였다. 같은 공간에 있었지만, 서로 다른 언어를 쓰고 있었다.

아기의 울음은 단순하였다. 필요가 채워지면 멈추었다. 그러나 어른의 말은 복잡하였다. 감정이 섞였고, 과거의 피로가 얹혔고, 해결되지 않은 기대가 담겼다.

나는 점점 깨닫기 시작하였다. 아기의 울음은 나를 시험하는 것이 아니라, 나를 부르는 소리였다. 아기는 나를 힘들게 하는 것이 아니라, 내가 있어야 하고 있었다. 아기의 울음은 엄마를 부르는 소리였다.


시간이 흐르면서 아기는 조금씩 성장하였다. 울음의 강도도, 길이도 달라졌다. 아기는 자신의 감정을 조절하는 법을 배워갔다. 배가 고프면 울었지만, 배가 부르면 웃었다. 안아 주면 금세 고요해졌다. 나는 그 과정을 지켜보며 알게 되었다. 아기의 감정은 지나가는 파도와 같았다.

그러나 아기보다 더 늦게 배우는 사람이 있었다. 바로 나였다. 나는 아기를 키우며 인내를 배웠다.

울음이 당장 멈추지 않아도 괜찮다는 것을 배웠다. 잠을 못 자는 날이 이어져도, 이 시간이 영원하지 않았다.

그리고 남편과의 대화도 부드럽게 말하고 이해하려고 노력하였다. 나는 그에게 말했다.

"여보 나도 힘들어. 나 좀 도와줘." 그 말은 공격이 아니었다. 변명도 아니었다. 그냥 사실이었다. 그는 잠시 말이 없었다. 그리고 나도 그가 피곤하다는 사실을 인정하기 시작하였다. 우리는 서로 다른 언어로 사랑을 말하고 있었을 뿐이라는 것을 이해하기 시작하였다.

아기의 울음은 시간이 지나며 말로 바뀌었다. "엄마"라는 두 글자가 울음 대신 입술에서 흘러나왔다. 그 순간 나는 울컥하였다. 그동안 밤을 새우며 들었던 울음이 한순간에 보상받는 느낌이었다. 아기는 성장하였고, 나도 성장하였다.

아기도 서툴렀지만 조금씩 감정을 표현하는 법을 배우고 있었다. 불편할 때도 울지 않고 말로 표현하려 애썼다. 아기를 키우며 나 자신을 돌아보게 되었다. 나는 힘들 때마다 참고 견디었다. 괜찮은 척하였고, 강한 척하였다. 나는 화가 나거나 감정이 흔들렸을 때 감정을 누르며, 일했다. 사랑하는 가족이지만 표현하기에 미숙한 채로 사랑을 배워갔다.


지금 돌아보면, 말을 배우기 전의 아기의 울음은 우리 가족의 첫 번째 수업이었다. 아기는 울음으로 소통을 시작하였고, 나는 그 울음을 통해 인내를 배웠다. 그리고 남편과의 갈등 속에서 이해하는 법을 배웠고, 관계 속에서 성장하였다.

아기는 성장하였다. 울음은 말이 되었고, 떼쓰던 손은 자신을 다독이는 손이 되었다. 그리고 나 역시 성장하였다. 예전처럼 모든 것을 통제하려 하지 않았고, 완벽히 하려 애쓰지 않았다.

대신 충분히 아기 곁에 있으려 하였다. 아기의 울음 언어를 끝까지 들어주는 사람이 될 때, 아이도 세상을 믿게 된다는 것을 알게 되었다.


나는 아기의 울음 언어를 들으려 애쓴 엄마였다. 육아하는 노력 속에서 조금씩 좋은 내가 되어가고 있었다.

# 2

# 갈등 앞에서 작아지던
# 초보 원장

어린이집 원장이 된 지 몇 해가 지났을 때였다. 경력은 쌓여 갔다. 아이들을 돌보는 일은 어느덧 몸에 밴 호흡처럼 자연스러워졌다. 아이들은 울다가도 금세 웃었고, 낯선 환경에서도 따뜻하게 안아 주면 금방 마음을 열었다. 놀이를 준비하고, 계절에 맞는 활동을 계획하며, 아이들의 눈높이에 맞추어 하루를 설계하는 일은 힘들어도 기쁜 일이었다. 아이들과 함께 지내는 일은 즐거운 일이었고, 진심은 통한다는 확신이 있었다.

그러나 아이보다 더 어려운 사람이 있었다. 바로 아이들의 부모였다.

경력이 쌓이면 모든 관계가 수월해질 줄 알았다. 하지만 세월은 경험을 안겨주었을 뿐, 관계를 자동으로 풀어주지는 않았다. 특히 새로운 세대의 부모와 엄마들을 이해하는 일은 전혀 쉽지 않았다. 그들의 생각은 나의 젊은 날과 달랐고, 표현 방식은 더 솔직했고, 요구는 더 구체적이었다. 아이는 즐겁게 놀이하고 활동에 잘 참여하는데, 부모의 마음은 걱정과 염려가 많았다.

그 앞에서 나는 종종 흔들렸다. 원장이었지만 동시에 한 사람의 엄마였고, 아직도 배우는 중인 사람이었다. 아이들 앞에서는 당당했지만, 부모와의 갈등 앞에서는 초보 원장이었다. 어린이집 운영은 육아할 때와 다른 어려움이 있었다. 육아는 고단함이 어려웠지만, 어린이집 운영은 부모들의 마음과 정서를 이해하는 대화가 필요하였다.


처음에는 부모에게 이해받고 싶었다.

"이만큼 아이를 위해 노력하고 준비하는데 왜 모르실까요?"라고 속으로는 수없이 되뇌었다. 아이는 분명 즐겁게 재미있게 활동하고 있었다. 교사들도 다정하고 성실하게 아이를 보육하고 있었다. 그런데도 부모의 표정에는 작은 불안이 비쳤다.

"우리 아이가 혹시 혼자 놀지는 않나요?"

"왜 오늘은 사진이 적게 올라왔나요?"

"집에서는 이런 행동을 하지 않는데요."

부모와의 상담 속에서 나는 편안함을 느끼지 못했다. 나는 설명을 길게 했다. 부모를 설득하려 애썼다. 나의 경험과 전문성을 증명하려고 했다. 그러나 길어진 설명은 오히려 벽이 되기도 했다.

그때 깨달았다. 이해시키려 하기 전에, 내가 먼저 부모와 아이를 충분히 이해하고 있어야 한다는 것이다.

그래서 나는 다시 공부를 시작했다. 심리상담과 부모 상담 관련 책도 보고 배웠다. 감정을 코칭 하는 방법도 배우고, 대화에서 듣기를 잘 하는 경청의 기술을 연습하였다.

경우에 맞는 말을 잘하는 것보다 마음에 와 닿는 말을 건네는 일이 더 중요하다는 것을 알게 되었다.

"원장님, 제가 예민한가요? 우리 아이가 너무 예민해서 나를 닮은 것이 아닌가 생각했어요."

우리 원에 다니고 있는 미래 어머니가 조심스럽게 말했다.

그 질문 속에는 수많은 밤의 고민이 담겨 있었다. 부모는 원장을 평가하려는 것이 아니라 불안감이 많은 사람이라는 것을 알게 되었다. 그날 이후 나는 말을 줄이고 마음을 열었다.

"어머님, 걱정되셨지요."라는 문장은 부모의 문제를 해결하려고 한 말이 아니라 아이를 이해하기 위함이었다.


2025년 3월과 6월, 우리 가정에는 겹경사가 있었다. 큰아들은 결혼 15년 만에 아이를 안게 되었기에 그 기쁨은 말로 다 표현할 수 없었다. 기다림이 길었기에 더 반갑고 기쁘기만 했다.

작은아들도 그 뒤를 이어 6월에 손자를 안겨주었다. 집안에는 웃음꽃이 피기 시작하였다. 손자가 우리 집으로 온다는 시간마저도 설렘이었다.

손자가 태어났다는 소식을 들었을 때, 나는 어린아이처럼 가슴이 뛰었다. 작은 손, 작은 발, 숨결 하나에도 마음이 말랑말랑해졌다.

그때 나는 비로소 부모의 마음을 다른 자리에서 바라보게 되었다.

"이 아이에게 혹시라도 상처가 가지 않을까."

"누군가 이 아이를 충분히 사랑해 줄까."라는 걱정이 얼마나 깊은지 부모의 마음을 알게 되었다.

나는 원장이었지만 이제 할머니가 되었다. 할머니가 되고 나니 부모 자녀의 관계를 더 많이 이해하게 되었다.

나는 딸을 키우지 못했다. 며느리의 말과 행동에 마음이 쓰이기도 하고 긴장이 되기도 한다. 산후의 몸과 마음이 얼마나 예민할지, 얼마나 조심스러운지 어린이집 부모에게서 느꼈다.

아이를 어린이집에 맡긴다는 것은 어린이집에 대한 큰 신뢰와 결단이 필요하다는 것을 손자를 보며 깨달았다.

나는 MZ 엄마들의 마음을 다시 보게 되었다. 그들은 까다로운 사람이 아니라, 사랑이 많은 사람이었다. 사랑을 표현하는 방식을 다르게 하고 있었다. 바로 확인하고 싶고, 질문했을 때 바로 답을 듣고 싶어 한다. 이해될 때까지 설명 듣기를 원한다. 왜냐하면 엄마는 육아하다 보니 불안하기 때문이었다.

나는 경력으로 말하는 원장이 아니라, 자녀들을 바라보는 부모의 마음을 이해하는 사람이 되고자 하였다.

부모 상담에서 말을 꺼내는 순간, 관계 온도가 달라졌다. 심리 공부와 부모 상담 공부도 필요했다. 그보다 더 필요한 것은 부모를 이해하는 마음이었다.

부모 마음을 알게 되면 방어하지 않아도 된다. 부모가 하고 싶은 이야기를 먼저 다 경청하고 궁금한 그것만 이야기하게 되니 설명이 짧아졌다. 감정을 이해하자 갈등이 부드러워졌다.

관계는 마음을 읽어 주고 풀어내는 것이다. 아이보다 어른이 더 어려웠던 시간은, 원장이 마음 읽기와 마음 풀기에 초보였기 때문이었다.

부모와의 갈등 앞에서 흔들렸던 그때가 나를 성장시켜 주었다.

나는 지금도 완벽하지 않다. 그러나 배움은 나를 다시 세웠고 회복하도록 했다.

심리 공부는 나의 마음을 낮추는 훈련이었다. 그리고 손자의 탄생은 나의 가슴을 부드럽게 만들었다. 할머니가 된다는 것은 마음이 말랑해지는 일이었다.

관계는 사랑의 다른 이름이라는 것을 할머니가 되고 나서야 알게 되었다. 부모 상담에서도 설명하기 보다는 잘 듣고, 공감하고, 함께 배우는 시간이 되었다. 배움의 기쁨은 삶의 고단함을 덮어준다. 어려운 관계 속에서도 이해하고 성장한다.

성장과 이해는 사랑의 이름으로 돌아온다. 완벽한 원장이 아니라, 충분히 좋은 원장이 되기로 했다.

# 3

# 말 한마디에도
# 색깔이 있다

나는 오랫동안 아이들과 함께 지내며 깨달은 것이 있다. 아이의 하루는 말 한마디에 따라 색깔이 변한다는 사실이다.

"괜찮아, 다시 해 보자."

아이는 말 한마디에 눈빛이 살아난다.

정작 나는 어른과의 관계에서 다정한 한마디를 놓치고 살았던 적이 많다. 말은 쉽게 내뱉었지만, 마음은 뒤늦게 따라온다. 사람의 마음과 말이 따로 나온다면, 혼돈을 겪을 수밖에 없다.

특히 가까운 사람과의 대화 속에서 나는 마음과 말이 따로 나올 수 있다는 사실을 알았다.

남편은 겉으로는 시원하게 넘어가는 사람처럼 보였다. 무슨 일이 있어도 "괜찮아"라고 말했고, 크게 화를 내지 않는 사람이었다. 그래서 나는 남편의 말만 믿었다. 그런데 시간이 지나고 나면 공기가 달라진 것을 느꼈다. 표정이 조금 무거워지고, 말수가 줄어들었다. 작은 일에도 민감해지는 순간이 찾아왔다.

그제야 나는 알게 되었다.

그때 상처받았지만 남편의 말은 괜찮다고 했다. 그러나 표정과 태도는 마음을 편안하지 않게 하였다.

그때 일은 나에게 큰 질문을 남겼다.

"우리는 왜 마음과 다른 말을 하게 되는 걸까? 말 한마디가 관계를 무너뜨리는 걸까?"

나 역시 말 때문에 상처를 받았을 때, 상처받았다고 솔직히 말을 하지 못했다. 괜찮은 것처럼 그냥 넘긴 적이 많았다. 내가 있는 자리에서 솔직하게 말하지 못하고 너그러운 마음으로 이해한 것처럼 넘어갔다. 감정을 드러내려고 하면 시간이 오래 걸리기 때문이었다. 그리고 마음이 약해 보일까 봐, 혹시라도 흔들리는 사람으로 보일까 봐 자신의 감정을 누르고 살았다.


눌린 감정은 사라지지 않는다. 그것은 마음속에 쌓였다가 어느 날 다른 말로 더 크게 튀어나왔다. 사소한 일에 거칠게 반응하거나, 괜히 차갑게 말을 하게 되었다. 필요 이상으로 단호해지는 순간도 있었다. 그때 나는 스스로 놀라곤 했다.

"내가 왜 이렇게까지 말했지?"

묵혀두었던 눌린 감정의 말은 상대의 얼굴을 굳게 만들었다. 말은 짧았지만, 상처는 길었다. 나는 남편에게도, 교사에게도, 특히 어린 자녀에게 더 심하게 말했던 적이 있다.

다정하게 설명하려 했지만, 사실은 감정을 던지고 있었다. 그 감정의 뿌리를 살펴보니 쉼 없는 피로감과 꾹꾹 눌러두었던 감정의 억울함이었다.

말은 정보가 아니라 감정의 표현이라는 것이다. 같은 내용이라도 마음이 다르면 전혀 다른 말이 된다.

"왜 그걸 그렇게 했어요?"라는 말은 질문이 아니라 비난으로 들릴 수 있다.

"그 상황이 조금 걱정됐어요. 다음엔 이렇게 해 보면 어떨까요?"라는 말은 제안이 된다.

한 박자의 차이였다. 마음이 먼저 정돈되었는지, 아니면 감정이 먼저 튀어나왔는지의 차이였다.

나는 말하기 전에 한 박자 쉬자고 결심했다. 숨을 한 번 고르고, 지금 내가 하려는 말이 정보인지 감정인지 살펴보려고 애썼다.

그 연습은 쉽지 않았다. 마음이 우울하고 먹구름이 가득한 날에는 특히 더 어려웠다. 일이 많고 몸이 지치면, 긍정은 멀어지고 예민함이 가까워졌다. 그럴 때 나는 세상을 조금 부정적으로 보았다. 자녀의 다툼도 크게 보였고, 교사의 작은 실수도 이해하기가 어려워졌다.

몸도 건강해야 하지만 마음은 더 건강해야 한다. 마음이 너그럽고 긍정적이면, 같은 말도 친절하게 들리지만, 마음이 지치고 우울하면, 같은 말도 공격처럼 들릴 수 있다. 나는 내 안의 날씨에 따라 관계 온도를 결정한다는 사실을 배우게 되었다.

아이들을 보며 더 분명히 알게 되었다.

영아에게 "안 돼!"라고 말하면 아이의 얼굴이 긴장된다. 그러나 "천천히 해 보자."라고 말하면 아이는 싱긋 웃으며 다시 시도한다. 칭찬의 말, 긍정의 말은 아이의 표정을 밝게 만든다. 까르르 웃으며 두 손을 흔든다.

그 모습을 보며 나는 생각했다.

어른도 다르지 않구나. 어른도 여전히 말에 반응하는 존재이다. 인정받고 싶고, 이해받고 싶고, 존중받고 싶은 마음은 아이와 다르지 않다.

남편에게도 그랬다.

"왜 그렇게 했어?"라는 말 대신 "당신도 힘들었지?"라고 말했을 때, 그의 표정이 달라졌다.

"사실은 좀 서운했어." 그 고백은 나에게 큰 깨달음을 주었다. 관계를 무너뜨리는 것은 큰 사건이 아니라, 쌓여 가는 작은 말들이다. 나는 완벽하지 않았다. 엄마로서도, 아내로서도, 원장으로서도. 우울한 기분이 올라오는 날도 있었고, 괜히 세상이 억울하게 느껴지는 날도 있었다.

그 기분이 말이 되기 전에, 내가 먼저 나를 돌보아야 한다는 것을 알게 되었다.

내가 좀 지쳤을 때 말을 잠시 멈추기로 하였다.

그렇게 나를 인정하고 마음을 들여다보면 말이 부드러워졌다. 나는 긍정을 억지로 짜내려 하지 않았다. 대신 마음의 먹구름을 인정하고, 천천히 걷어내는 연습을 했다. 운동하고, 책을 읽고, 조용히 기도하며 나를 정돈했다. 말은 습관이 되고, 습관은 관계를 만든다.

살아오면서 많은 말을 했다. 위로의 말도 했고, 격려의 말도 했다. 때로는 후회되는 말도 했다. 그중 가장 아픈 기억은 내가 무심코 던진 한마디가 누군가의 마음을 무너뜨렸던 때다.

그때마다 나는 돌아보았다.

"나는 왜 그 말을 했을까." 결국 답은 하나였다. 내 마음이 정돈되지 않았기 때문이었다.

완벽한 사람은 없다. 완벽하지 않다는 것을 인정할 때, 우리는 조금 더 부드러워질 수 있다. 실수한 말을 사과할 수 있고, 상처 준 관계를 다시 붙잡을 수 있다.

말을 줄이기보다 마음을 다스리자고 다짐해 본다. 설명하기보다 공감하고, 감정을 던지기보다 사랑을 담아보기로 한다. 아이에게 긍정의 말을 건네듯, 남편에게도, 교사에게도 따뜻한 말을 선택한다.

말은 관계를 무너뜨리기도 하지만, 다시 세우기도 한다. 오늘도 말하기 전에 한 박자 쉬어가고, 그 쉼 속에서 다정한 관계의 색을 만들어 본다.

# 4

# 보내야 한다는 걸
# 알면서도 아픈 마음

신학기 3월이 지나고 5월이 되었다. 봄의 긴장이 조금 풀리고, 아이들과 교사들도 서로의 얼굴에 익숙해질 무렵이었다. 그때 쌍둥이 형제가 이사 간다는 소식을 전해 왔다. 어린이집에서 차로 10킬로미터 떨어진 곳으로 이사를 한다는 소식이었다.

보내야 한다는 것을 알고 있었다. 아이들은 자라고, 가정의 사정은 변할 수 있다. 어린이집은 잠시 머물다가 이사 가는 경우도 종종 있다. 그러나 이번 쌍둥이 형제의 이사는 생각할수록 마음이 아프기만 했다.

활발하게 활동하는 두 형제는 서로의 손을 꼭 잡고 다니던 때도 있었고, 한 아이가 울면 다른 아이가 먼저 쳐다보며 달래 주는 모습도 보였다. 한 아이가 웃으면 함께 더 크게 웃기도 하였다. 나는 그 아이들의 첫걸음을 보았고, 첫 말소리를 들었다. 그런 아이들을 보내야 한다는 사실이 마음을 저리게 하였다.

끝내 보내주고 이슬이 맺히는 모습을 감춰야 했다. 원장도 때로는 소리를 죽이며 울기도 한다. 그날만큼은 마음이 가는 대로 내버려 두었다. 관계는 시작보다 이별이 더 어렵다는 사실을 배우는 날이었다.

아이를 보내는 일은 언제나 쉽지 않다. 특히 어린 시절을 함께 보낸 아이일수록 더 그러하다. 쌍둥이는 유난히 정이 많이 들었다. 서로를 의지하며 적응하던 3월의 모습이 아직도 눈에 아련하다. 낯선 환경에서 두 손을 꼭 잡고 교실 문을 들어오던 모습, 울다가도 서로를 보며 웃던 모습이 떠올랐다.

부모님은 새집을 사서 이사를 한다고 하였다. 나는 웃으며 축하한다고 말하였지만, 속으로는 이별의 아픔을 견뎌야 했다.

두 아이의 앞날을 축복해 주었지만, 마음 한쪽에서는 자꾸만 그 아이들을 붙잡고 싶었다.


그때 문득 1997년이 떠올랐다. 우리나라에 IMF 외환위기가 닥쳤던 해였다. 사회 전체가 흔들렸고, 사람들의 삶이 송두리째 바뀌었다. 나 역시 불안 속에 서 있었다. 그러나 나는 그때 아무런 준비도, 시도도, 도전도 하지 못한 채 일 년을 보냈다. 그저 두려움에 머물러 있었다. 얼마나 어려웠는지 모른다. 경제적인 압박도 있었지만, 무엇보다 마음이 무너지고 있었다. 나는 어려움에 대한 대책을 세우지 못했음을 오래도록 자책하게 되었다.

그 후로 나는 위기 앞에서 멈춰 서지 않겠다고 다짐하였다. 그리고 2020년 코로나 팬데믹이 찾아왔을 때, 나는 그 다짐을 떠올렸다. 세상이 멈춘 듯 조용해졌고, 어린이집 역시 긴장 속에 놓였다. 학부모들은 불안해하였고, 교사들도 걱정이 많았다.

나는 그때 오래도록 머물지 않고 바로 행동하였다. 아이들이 실내에서 안전하게 활동할 수 있도록 인형극단을 초청하기도 하였고 아이들이 안전하고 재미있는 활동을 할 수 있도록 준비하였다. 한 번으로 끝내지 않고, 연 여섯 번의 인형극 초청과 연 여섯 번의 이벤트 활동을 준비해서 진행하였다. 강당에 안전 놀이기구를 설치하고, 에어바운스를 들여와서 활동하기도 하였다. 마스크를 쓰고 거리두기를 하면서도 아이들이 웃을 수 있도록 노력하였다.

그 준비 과정은 전혀 쉽지 않았다. 교사회를 거듭하였고, 안전 점검을 철저히 하였다. 한 번의 행사 뒤에는 여러 번의 준비와 점검이 필요하였다. 교사의 수고와 노력은 아이들의 웃음으로 보상해 주었다. 부모에게도 조금씩 안도감과 신뢰가 쌓이기 시작하였다.

나는 그때 알게 되었다. 위기는 피하는 것이 아니라, 통과하는 것이다.

보내는 아픔도 마찬가지였다. 이별을 외면한다고 해서 사라지지 않았다. 정이 들었기에 아픈 것이고, 사랑했기에 눈물이 나는 것이었다.

쌍둥이의 마지막 날, 교사들은 두 아이를 따뜻하게 안아 주고 이사 간 그곳에서 건강하게 잘 성장하길 기원해 주었다. 아이들은 친구들에게 인사를 하였고, 교사들은 사진을 찍어 함께 간직하였다. 나는 아이들을 꼭 안아 주었다. "이사한 그곳에서도 건강하게 재미있게 잘 지내." 그 말은 아이에게 한 말이지만 나 자신에게도 위로하는 말이었다.

아이들은 생각보다 담담하였다. 새로운 집, 새로운 동네 이야기하며 들떠 있었다. 그 모습을 보며 나는 다시 배웠다. 어른의 이별은 길지만, 아이의 이별은 지금을 살고 있다. 새로운 환경에서 또 다른 친구를 만나고, 또 다른 세상을 배울 준비가 되어 있다.

아이들 앞에서는 웃었지만, 사무실로 들어와 문을 닫고 한참을 천장을 보고 있어야 했다.

"이렇게 또 보내는구나." 함께했던 시간이 소중했기에 고마움 마음을 간직하였다.

어린이집은 만남과 이별이 반복되는 공간이었다. 매년 신입생을 맞이하고, 매년 졸업생을 보냈다. 그러나 아이들을 보낼 때마다 마음의 아쉬움은 남아 있다. 함께 즐겁게 오래도록 활동하다가 이별하게 될 때도 고운 마음으로 보내려는 연습과 훈련이 필요하였다.

이제 아이가 새로운 곳으로 이사를 하게 되면 그곳에서 잘 적응하도록 도와주고 기도한다. 부모님께 새로운 지역의 정보도 전해 주고, 아이의 성향과 좋아하는 놀이를 정리해 드린다. 새로운 교사가 아이를 더 잘 이해할 수 있도록 기록을 남겨 준다.

보내는 아픔을 외면하지 않기로 했다. 아프면 아픈 대로 인정하였다.

아이는 떠났지만, 어린이집은 계속 운영되어야 했다. 오늘 해야 할 일에 매진하고 웃음과 즐거움의 하루를 다진다.

이별은 사랑의 반대가 아니라, 사랑의 또 다른 얼굴이었다. 붙잡고 싶은 마음이 있다는 것은 그만큼 깊이 사랑했다는 증거였다.

1997년의 나는 위기 앞에서 멈춰 있었다. 그러나 2020년의 나는 움직였다. 그리고 아이를 보내는 오늘의 나는 아픈 마음이 있지만 축복할 수 있었다. 그것이 내가 배운 성장의 모습이다.

쌍둥이 형제는 이사를 하였지만, 나의 기억 속에서는 여전히 교실 한편에서 손을 잡고 서 있다. 나는 그 아이들이 새로운 곳에서 즐겁게 지내기를 기도한다. 그곳에서 또 다른 관계를 배우고, 또 다른 꿈을 키우기를 기대한다.

어린이집은 아이의 인생에서는 소중한 시작점이다. 나는 그 시작을 함께한 사람으로서 감사한다.

보내야 한다는 것을 알면서도 아픈 마음은 있지만 아픔 속에서 나는 또 하나를 배웠다. 사랑은 붙잡는 힘이 아니라, 보낼 수 있는 미덕이다.

아이가 떠날 때 웃으며 축복할 수 있고 내일의 리더로 기대할 수 있는 어른이 될 것을 기대하며 축복한다.

보내야 하는 아쉬움은 있지만, 충분히 사랑했던 시간이었다. 나는 오늘도 또 한 걸음 성장하고 아이들을 사랑하며 지낸다.

# 5

# 잘하려 할수록
# 더 어긋났던 관계들

요즘 젊은 청년들은 예전보다 결혼을 늦게 하는 편이다. 아예 결혼하지 않고 혼자서 사는 경우도 많다. 결혼하더라도 아이를 한 명만 낳거나, 아이를 낳지 않고 살아가는 경우도 적지 않다. 사회적으로 초저출산이라는 말이 낯설지 않다. 초등학교가 폐교된다는 소식이 뉴스에 오르내리고, 몇 년 지나지 않으면 중학교도 문을 닫게 될 것이라는 이야기가 들려온다. 인구 감소가 이렇게까지 현실이 될 줄은 몰랐다.

나는 그 변화를 피부로 느끼고 있다. 35년 가까이 어린이집을 운영하며 아이들의 웃음 속에서 살았던 나에게, 교실이 비어간다는 것은 단순한 통계 이상의 의미가 있다. 아이 수가 줄어드는 것은 곧 관계의 수가 줄어드는 일이었고, 내가 서 있는 자리의 의미를 다시 묻게 하는 일이었다.

2023년 12월 문득 나 자신에게 질문해 보았다.

"나는 어린이집을 운영하지 않는다면 무엇을 할 수 있을까?"라는 질문 앞에서 한동안 멈추어 있었다. 잘하려고 애써 왔던 지난 세월이 오히려 나를 한 방향에만 묶어둔 것 같았다.


나는 늘 잘하고 싶었다. 아이들에게도, 부모님에게도, 교사들에게도 좋은 원장이 되고 싶었다. 관계 속에서 인정받고 싶었고, 흔들림 없이 중심을 잡고 싶었다. 그래서 더 노력하였다. 더 준비하였고, 더 신경 썼고, 더 애쓰면서 살아왔다.

아이러니하게도, 잘하려 할수록 관계는 더 어긋나는 순간들이 있었다. 부모님의 기대를 맞추려 애쓰다 보면 교사들의 마음을 놓치기도 하였고, 교사를 보호하려다 보면 부모의 서운함이 쌓이기도 하였다. 모든 사람을 만족시키고 싶었지만, 그것은 어렵게만 느껴졌다.

초저출산의 현실 속에서 어린이집 운영은 점점 더 어렵고 민감한 일이 되었다. 아이 한 명, 한 가정이 더 소중해졌다. 작은 오해도 크게 느껴졌고, 작은 불편도 크게 다가왔다. 나는 더 조심하였고, 더 완벽히 하려 하였다. 그러나 완벽을 향한 마음은 나를 점점 긴장 속에 가두었다.

그때 나는 또 다른 질문을 마주하였다.

"나는 왜 이렇게까지 잘하려 하는가?"

아이 수가 줄어드는 현실 속에서, 어쩌면 두려움 때문이었는지도 모른다.

"내가 아무것도 할 수 없는 시간이 오면 어떻게 하지?"라는 걱정은 아이들을 만날 수 없는 불안함 때문이었다. 사회가 변하고, 세대가 변하고, 가치관이 변하는 속도 앞에서 뒤처지지 않으려는 조급함 때문이었다.

"어린이집을 운영하지 않는다면 나는 무엇을 할 수 있을까?"라는 질문은 단순한 직업의 문제가 아니었다. 무엇을 하고 싶은지를 생각해 보았다. 아무리 생각해도 한동안 생각이 나지 않았다. 어린이집이라는 이름을 떼어 내고 나를 설명할 단어가 떠오르지 않았다. 나는 아이들과 교사들, 부모들과 함께 살아온 사람이었다. 그 관계들이 나를 규정하고 있었다.

나는 우연히 책을 들게 되었다. 오래전부터 책을 좋아했지만, 그때의 독서와 느낌이 달랐다. 현실의 답을 찾고 싶어서 읽었다. 처음에는 막막함을 달래기 위한 시간이었다. 점점 책 속 문장들이 나를 비추기 시작하였다.

"당신은 무엇을 사랑하는가?"

"당신은 무엇을 할 때 가장 살아 있음을 느끼는가?"라는 질문은 나를 흔들었다. 어린이집이라는 울타리 밖에서도 나는 여전히 생각하고, 배우고, 성장할 수 있는 사람이라는 사실을 조금씩 알게 되었다.

그리고 2024년 4월, 나는 우연히 알고 지내는 유아 행복연구소 소장님으로부터 글쓰기 무료 특강을 초청받게 되었다. 솔직히 큰 기대는 없었다. 그러나 강의를 듣고 난 후 가슴이 두근거렸고, 시작해야겠다는 생각이 강하게 스쳤다.

"아, 내가 이런 시간을 기다리고 있었구나."라는 마음이 요동치고 있었다.

글쓰기를 배우면 독서를 더 깊이 할 수 있을 것 같았고, 그리고 내가 읽은 책을 나의 언어로 풀어낼 수 있을 것 같았다. 나는 더 이상 망설이지 않고 그다음 날 바로 자이언트 이은대작가 글쓰기에 등록하였다.

처음에는 어색하였다. 글을 쓰는 일은 생각보다 어렵게 느껴졌다. 마음속에는 수많은 생각이 있었지만, 그것을 정리해 내는 일은 또 다른 훈련이 필요하였다. 이상하게도 글쓰기 공부는 싫지 않았다. 오히려 즐거웠다.

나는 책을 읽고, 메모하고, 문장을 써 내려갔다. 어린이집에서 있었던 일들과 아이들의 웃음을 기록하였고, 부모와의 갈등과 교사와의 아픔을 기록하였다. 나의 후회와 다짐을 한 줄씩 적어 보았다.

내가 단지 어린이집을 운영하는 사람뿐만 아니라, 이야기를 품은 사람이라는 것을 알게 되었다. 35년의 세월이 나를 채워진 사람으로 만들었다.

관계가 어긋났던 순간들도 다시 돌아보게 되었다. 잘하려다 상처를 주었던 말들, 이해받고 싶어서 더 강하게 말했던 날들이 있었다. 침묵이 더 나았을 상황에서도 설명하려 애썼던 시간이 있었다. 생각나는 장면을 글로 적어보니, 비로소 흘러갔던 일들이 보이기 시작하였다.

나는 실수 없이 일을 잘 하려 했기에 더 어긋났다는 것을 인정하였다. 잘 보이려 했기에 왜곡되었다는 것도 알게 되었다.

글쓰기는 나를 낮추는 훈련이었다. "나는 글쓰기를 배우는 사람이다."라는 사실을 받아들였다.

초저출산이라는 거대한 사회적 변화 속에서도, 내가 할 수 있는 일을 찾았다는 생각을 했다. 아이 수가 줄어들더라도, 육아의 고민은 사라지지 않는다. 관계의 어려움도 계속된다. 나는 그 시간을 살아 낸 사람으로서, 누군가에게 작은 길잡이가 될 것을 희망한다.

어린이집을 운영하지 않는다면 무엇을 할 수 있을까 묻던 내가, 이제는 이렇게 답한다.

"나는 배우는 사람으로 살고, 읽고 쓰는 사람으로 살 수 있다."


잘하려 할수록 더 어긋났던 관계는 나를 겸손하게 만들었다. 모든 사람을 만족시킬 수 없다는 사실을 인정하고, 나의 한계를 바라보게 되었다.

초저출산과 함께 유아 교육기관의 현실에서 위기를 느꼈지만, 그 위기는 또 다른 길을 열어 주었다.

1997년 IMF 때 1년 동안 아무것도 하지 못하고 머물러 있었다. 그때

와는 달리, 이번에는 움직였다. 책을 읽게 되었고, 강의를 들었고, 글을 쓰기 시작하였다.

나는 여전히 어린이집 원장이다. 그러나 동시에 배우는 사람이고, 읽는 사람이며, 쓰는 사람이다. 관계가 어긋날 때마다 나는 이제 묻는다. '나는 지금 무엇을 지키려 하는가? 체면인가, 진심인가?'

완벽하게 잘하려는 마음 대신, 충분히 진심이기를 선택하려 한다. 아이 수가 줄어들어도, 세상이 변해도, 내가 배우는 일을 멈추지 않는다면 나는 계속 성장할 것이다. 어린이집이 나의 전부가 아니라, 나의 일부였다는 사실을 이제는 안다.

잘하려다 어긋났던 시간조차 나를 여기까지 이끌어주었다. 나는 완벽한 원장이 아니라, 충분히 배우는 사람으로 남기 위해 오늘도 책을 펼치고, 한 줄을 쓴다.

# 6

# 감정 앞에서 무너진 날들

결혼 39주년이었다.

숫자로만 보면 긴 세월이지만, 돌아보니 그 시간은 늘 바쁘게 흘러갔다. 어린이집 원장으로, 두 아들의 엄마로, 그리고 한 사람의 아내로 살아오며 나는 늘 누군가의 필요를 먼저 채우는 사람이었다. 기념일은 달력에 표시만 해두고 제대로 챙기지 못한 채 지나간 적이 더 많았다.

"오늘이 결혼기념일이네."

가볍게 웃으며 넘겼던 날들, 치열하게 아등바등하며 살았던 시간이 어느덧 39년이 되었다.

올해 결혼기념일은 조금 달랐다. 남편이 퇴직하였지만, 부장 모임에서 제주도에서 3박 4일 여행을 가게 되었다. 일정표에 제주라는 두 글자를 적는 순간, 내 마음은 이미 설레고 있었다. 그동안 바쁘다는 이유로, 책임이 크다는 이유로 나 자신을 뒤로 미뤄두었던 시간이 떠올랐다. 이번 여행은 단순한 일정이 아니었다.

결혼 39주년을 맞이한 내게 주어진 선물이었다.


2025년 3월의 제주 풍경은 조용했다.

바람은 그칠지 않았고, 구름은 천천히 흘렀으며, 햇볕은 따뜻하게 비춰주었다. 그 적당함이 참 좋았다. 과하지도 모자라지도 않은 날씨처럼, 나의 마음도 그곳에서 균형을 찾았다.

카멜리아 공원에는 동백꽃이 유난히 아름다웠다. 붉은빛이 선명했고, 바닥에 떨어진 꽃잎마저도 누군가를 위해 뿌려놓은 것처럼 아름다웠다. 동백꽃은 떨어질 때 한 잎 두 잎 꽃잎으로 떨어지는 것이 아니라 통째로 떨어진다고 한다. 마지막 순간까지 모양을 지키며 바닥에 내려앉는 꽃이 동백꽃이다.

나의 인생 39년은 꽃처럼 바람처럼 지나가고 있었다. 나는 언제 나를 위해 아름다운 동백꽃 길을 걸어보았을까? 제주 바다를 바라보며 남편과 나란히 앉았다. 우리는 특별한 말을 하지 않았다. 그러나 그 침묵이 편안했다. 젊은 날의 우리는 감정이 먼저였고, 말이 앞섰다. 말 한마디의 서운함도 자주 쌓였다. 말보다 긴 시간의 신뢰가 관계를 지탱한다는 것을 알고 있다.

한때는 서로의 감정을 몰라 서운해 했던 날도 있었다. 나는 바빴고, 남편은 침묵했다. 남편은 아무 일 없는 것처럼 말을 했지만, 행동과 태도는 달랐다. 마음이 불편하고 속상한 일이 있으면 차라리 말로 이야기해 주면 알 텐데 오래도록 마음에 담아두고 지냈다.

함께 지냈던 날이 쌓이면서 마음의 불편함이 있다는 것을 알게 되었다. 나는 생각보다 마음이 급하고 빠른 속도로 해결하는 것을 좋아했다. 마음에 불편함을 오래 담아 놓고 지내는 것을 어려워했다. 서로의 다름 속에서 많은 갈등과 속상함이 녹아 있었다.

여행 가이드의 안내소식에 마라도에 갈 수 있다는 말을 듣게 되었다. 이번 제주여행은 잊지 못할 좋은 추억이 될 것 같아 마음이 설레고 웃음이 가득하였다. 마음 설렜던 시간이 두 시간쯤 지나서 다른 소식을 들었다. 갑자기 바다에 거센 바람이 불어와 마라도 출입이 통제되었다는 이야기를 듣게 되었다. 순간 아쉬움과 서운한 마음이 밀려왔다. 순간 생각했다. 사람의 마음도 이렇게 변할 수 있을까?

"마라도에 가고 싶었는데, 아쉽다."라는 나의 말에 남편이 웃으며 말했다.

"다음에 또 오면 되지."

예전 같았으면 일정이 틀어졌다고 투덜투덜 했을지도 모른다. 그러나 그날은 달랐다. 인생도 그렇지 않은가. 계획한 대로 인생이 흘러가지 않는다. 바람이 세게 불면 잠시 멈추어야 하고, 길이 막히면 기다려야한다.

그러나 제주에서 부산으로 돌아오는 날은 또 다른 설렘이 기다리고 있었다. 첫 손자를 부산에서 처음 만나는 날이었다. 큰 며느리에게 줄 꽃바구니를 준비하고, 손자에게 입힐 작은 옷도 정성껏 골랐다. 꽃을 고르며 나는 이상하게도 눈물이 날 것 같았다. 기다림의 시간이 떠올랐다. 큰아들이 결혼 15년 만에 아이를 안게 되었을 때의 그 벅참이 다시 밀려왔다.

비행기 안에서 나는 마음속으로 수없이 말했다.

"태오야 고마워. 우리 집에 선물로 와 줘서 진짜 고마워."

부산에 도착하자마자 사부인 댁으로 향했다. 작은 아이를 처음 안는 순간이었다. 세상이 잠시 멈춘 듯했다. 작고 따뜻한 체온, 조심스러운 숨결. 그날은 도파민이 계속 솟아나고 있는 것 같았다.

결혼 39주년을 제주에서 보내고, 부산에서 첫 손자를 품는 날. 기쁨, 감사, 설렘, 안도감. 그 모든 감정이 한꺼번에 밀려왔다.

감정은 억누르는 것이 아니라, 충분히 느끼는 것이라는 사실을 알게 되었다.

그동안 나는 강해야 한다고 생각했다. 원장이니까, 엄마니까, 어른이니까 감정을 쉽게 드러내지 않았다. 그러나 제주에서의 시간과 손자를 안은 그 순간 나의 마음은 말랑말랑하게 되었다.

좋은 감정을 충분히 느끼는 것도 용기였다. 행복을 미루지 않는 것도 선택이었다. 남편과 함께한 39년. 아이들을 키워온 세월. 이제는 할머

니로 살아갈 새로운 시간. 나는 그 모든 감정 앞에서 도망치지 않기로
했다.

결혼 39주년은 화려한 이벤트가 아니었다. 비싼 선물도, 거창한 파티
도 아니었다. 그러나 제주 바람과 동백꽃, 그리고 첫 손자를 품은 하루
는 나에게 가장 큰 선물이었다.

인생은 늘 계획대로 흘러가지 않았다. 마라도에 가지 못한 것처럼,
때로는 바람이 세게 불어온다. 그러나 그 바람 덕분에 우리는 멈추었
고, 서로를 더 바라보게 된다.

관계는 거창한 약속이 아니라, 함께 흘러온 시간의 무게이다. 감정은
숨겨야 할 약점이 아니라, 삶을 풍성하게 만드는 힘이라는 것을 알게
되었다.

좋은 감정으로 좋은 가족과 오래오래 건강하게 재미나게 살아가고
싶다. 멋지게 나이 들고 싶다. 서로의 기쁨을 기뻐해 주고, 서운함은 바
로 풀어내며, 웃을 수 있는 날을 더 많아졌으면 좋겠다.

완벽한 아내도 아니었고, 완벽한 엄마도 아니었다. 그러나 39년을 함
께 걸어온 우리는 충분히 좋은 부부였고, 충분히 애써 온 부모였다. 나
는 오늘도 다짐한다. 행복을 미루지 말자. 감정을 숨기지 말자. 사랑을
표현하자.

그리고 앞으로의 시간도, 지금처럼 따뜻한 햇볕 아래에서 천천히 걸

어가자고 다짐해 본다.

결혼 39주년의 선물은 제주가 아니라, 그 세월을 함께 건너온 우리의
마음이었다.

# 7

# 상처를 통해
# 배우기 시작한 소통

나는 배움을 좋아한다.

가만히 생각해 보면, 배움도 어쩌면 어린 시절의 결핍에서 비롯된 것인지도 모른다. 충분히 배우지 못했다는 아쉬움이 꼬리표처럼 따라 다녔다. 더 넓은 세상을 알고 싶었고, 누군가에게 잘 가르쳐 주는 사람이 되고 싶었다. 나는 늘 배움의 자리를 기웃거렸다. 강의가 있다면 찾아갔고, 책이 있다면 펼쳐보았다.

1990년 12월, 처음 어린이집을 시작했다. 작은 공간이었지만 사랑이 가득했고, 열정과 성실함이 공기처럼 흐르던 시절이었다. 아이들과 함께 바닥에 뒹굴고, 게임을 하고, 노래를 부르고, 운동장을 뛰어다니는 모든 일정이 마치 이벤트처럼 느껴졌다. 하루하루가 축제였고, 아이들의 웃음은 나의 보람이었다.

그때의 나는 단순했다. 어린이집 운영은 아이들을 사랑하면 모든 것이 해결될 것이라고 믿었다. 그러나 시간이 흐르면서 깨닫게 되었다. 아이를 돌보는 일보다 더 어려운 것은, 바로 사람을 관리하는 일이었다.

2000년대에 들어서면서 어린이집은 규모도 커지고 교사의 수도 늘어났다. 아이들만 바라보던 시절과 달리, 나는 어린이집 공동체를 이끄는 사람이 되어야 했다. 그때부터 가장 어려운 부분은 교사 관리였다. 처음에는 좋은 마음이면 충분하다고 생각했다. 서로 이해하고, 사랑으로 덮으면 문제는 자연스럽게 해결될 것이라고 믿었다. 그러나 현실은 그렇게 단순하지 않았다.

감정의 문제는 언어의 문제가 되었다.

사소한 오해가 말로 번지고, 말이 다시 감정으로 번졌다. 표정 하나, 억양 하나가 관계를 흔들었다. 나는 교사에게 따뜻한 말을 하고 격려의 말을 하고 있는 줄 알았다. 그런데 교사는 서운하게 들릴 수도 있겠다는 것을 알아차리는데 오랜 시간이 걸렸다. 나는 교사에게 편안하게 이야기 하고 소통을 했지만, 교사는 입장에서는 다르게 생각할 수도 있었다. 그때마다 나는 당황했다.

"선생님, 잘못했다고 야단을 치는 것은 아니에요. 다음에는 이런 부분을 신경 써서 해 주세요."라고 했다. 그러나 나의 의도와 다르게 교사는 상처받았다고 한다. 교사는 조용히 다가와 조심스럽게 말했다.

"원장님, 그때 신경 써서 해 달라고 한 말은 조금 서운하게 들렸어요."

교사에게서 그 말을 듣는 순간, 가슴이 철렁 내려앉았다. 나의 한마디가 교사에게 상처로 남을 수도 있다는 사실을 실감했다. 그날부터 의사소통이라는 단어를 진지하게 생각하기 시작했다.

나는 배움을 멈추지 않았다. 틈틈이 상담심리를 공부했고, 운영 관리와 교사 관리, 소통에 대한 교육을 들었다. 심리 상담과 경청의 기술, 갈등 조정과 지도력 등 하나하나 배우며 나는 깨닫게 되었다.

문제는 일이 아니라 감정이었다. 갈등은 사건이 아니라 해석이었다.

같은 상황도 사람마다 다르게 받아들인다. 누군가는 가볍게 넘기지만, 누군가는 깊이 상처받는다. 내가 아무리 선의로 말을 해도, 상대의 마음 상태가 다르면 그 말은 전혀 다른 의미가 들릴 수 있다.

마음의 공부를 천천히 배워나갔다. 말을 줄이는 대신 듣는 시간을 늘렸다. 설명하기보다 질문하기 시작했다. 판단하기보다 공감하려 애썼다.

"그때 선생님 마음은 어땠어요? 많이 힘들었지요?"라는 짧은 질문은 관계를 다정한 분위기로 만들었다.


배움은 나에게 상처와 결핍을 통해 찾아왔다.

코로나시기를 지나며 어린이집 운영은 또 다른 시험대에 올랐다. 갑작스러운 전염병으로 인해 어린이집에 문을 닫는 곳이 발생했다. 불안한 어린이집 학부모들의 문의와 교사들의 피로감이 쌓여 갔다. 모두가 민감하고 불안한 생각을 하고 있었다. 그 시기를 지나며 나는 관계의 민낯을 보았다.

누군가는 떠났고, 누군가는 남았다. 초저출산의 현실은 냉혹했다. 어린이집과 유치원의 삼분의 일 정도가 폐원하고 있다는 소식을 들을 때마다 마음이 무거워졌다. 한 시대를 함께 걸어온 동료 원장이 유아교육의 길을 떠난다는 소식은 남의 일처럼 느껴지지 않았다.

사회가 어수선하고 사람들의 마음에 불안함이 커질수록 관계는 더 중요해졌다. 상처를 외면하지 않기로 하였다. 감정을 덮어두면 오해는 깊어진다.

나는 상처를 피하지 않기로 했다. 힘든 대화라도 마주하고, 불편한 감정이라도 인정하고, 잘못한 말이 있다면 사과하기로 했다. 원장이라는 자리는 늘 정답을 말해야 하는 자리가 아니라, 함께 답을 찾아가는 자리임을 받아들이기 시작했다.

어린 시절 배움의 기회가 부족했던 나는, 살아가는 삶을 통해 배우고 있었다. 아이들에게 배웠고, 교사들에게 배웠다. 부모에게도 배웠고, 나의 상처받은 것 때문에 배웠다.

상처는 날 무너뜨리기 위해 온 것이 아니라, 나를 성숙하게 만들기 위해 찾아온 손님 같았다.

나는 완벽하지 않았다. 감정 앞에서 서툴렀고, 언어 앞에서도 미숙했다. 그래서 상처를 외면하지 않고 마주하는 삶을 살아가기로 선택하였다. 관계를 살리는 언어는 거창하지 않았다.

“미안합니다.”

“고맙습니다.”

“이해합니다.”라는 짧은 말들이 관계를 지키고, 회복시켜 주었다.

유아 교육기관이 점점 줄어드는 시대 속에서 살고 있다. 한 사람과의 관계가 얼마나 중요하고 소중한지를 인식하고 깨닫게 된다. 아이 한명, 교사 한명, 부모 한명의 마음을 소중히 여기는 일이 내가 35년을 걸어온 이유이기 때문이다.

나는 여전히 배움을 좋아한다. 배움의 결핍은 평생 나를 성장하게 하였다. 상처는 나를 아프게 했지만, 동시에 나를 성숙하게 만들었다. 그리고 나는 새로운 언어를 배웠다. 상대를 이기기 위한 말이 아니라, 함께 살아 내기 위한 말이다. 관계를 통제하기 위한 말이 아니라, 서로를 존중하는 말이다. 완벽한 지도자가 되기보다, 충분히 좋은 사람이 되기로 한다. 상처를 통해 배운 소통의 언어로 오늘도 관계를 살리고 있다.

관계를 살리는 것은 내가 배움 앞에 겸손해지는 이유이고, 이 시대를 살아 내는 나의 방식이다.

# 8

# 관계는 기술이 아니라
# 태도였다

아이를 어린이집에 맡긴다는 일은 생각보다 큰 결단이었다. 부모는 소중한 자녀를 유아 교육기관에 맡긴다. 기관에 자녀를 맡긴다는 것은 반드시 신뢰가 필요하다. 믿음이 생기지 않으면 자녀를 기관에 맡길 수가 없다.

어린이집 문 앞에서 아이의 손을 놓지 못하는 부모의 마음을 읽게 되었다. 부모마음에는 아이에 대한 걱정과 불안함이 가득했다.

"잘 다녀와"라고 웃으며 인사를 했지만, 돌아서서 마음속으로 울며 걸어갈 수도 있다.

"우리 아이 괜찮을까.", "울지는 않을까.", "밥은 잘 먹을까."

부모의 불안한 마음이 가득하다는 것을 이해한다. 왜냐면 나 역시 5살과 3살짜리 두 아들을 어린 나이에 종일반으로 맡겨 보았기 때문에 부모의 마음을 이해할 수 있다.

아이를 기관에 맡기는 부모의 마음과 소중한 아이를 맡아서 종일 함께 지내는 교사의 마음은 다르기도 하지만 같기도 하다. 왜냐면 아이와 안전하고 재미있게 활동하는 기관의 교사들은 부모와 같은 마음으로 활동하고 있기 때문이다.

아이의 나이가 어릴수록 부모의 마음은 더 불안해진다. 부모는 아이의 하루의 일상을 궁금해 한다. 교사는 시간의 틈을 내어 사진과 글을 보내기도 한다.

어린이집 활동보다 더 중요한 것은 안전과 위생이다. 영유아들이 안전하고 건강하게 활동하도록 철저한 준비와 예측하여 활동하게 된다. 부모와 교사가 마음이 편안한 가운데 보육하고 체험활동이 이루어지도록 돕는다. 부모와 교사의 관계는 기술이 아니라 태도라는 것을 깨닫게 되었다.


부모와 교사는 모두 존중받기를 원한다.

부모는 안전한 먹을거리에 대해 궁금해 한다. 오늘 무엇을 먹었는지, 재료는 신선했는지 궁금해 하고 낮잠은 몇 시에 자고 일어났는지도 궁금해 한다. 놀이터에서의 활동은 안전하게 했는지, 수업은 어떤 방식으로 진행되는지 알고 싶어 한다. 특별활동은 아이에게 맞는지, 담임교사는 어떤 성향인지도 궁금해 한다. 모든 것을 알고 싶어 한다는 말은 곧, 모든 것을 책임지고 있다는 뜻이었다.

부모의 질문을 잘 알아차려야 소통이 원활하게 이루어진다. 기관을 믿지 못해서 질문하는 것이 아니라 아이의 하루 일상의 모든 것이 궁금하기 때문이다. 신뢰는 질문이 없는 상태가 아니라, 질문을 해도 괜찮은 관계이다.

그래서 나는 부모들에게 자주 말한다.

"궁금하시면 언제든지 물어보셔도 됩니다."라는 한 문장은 단순한 안내가 아니었다. 부모의 질문을 방어로 받아들이면 관계는 긴장이 되지만, 질문을 알고 싶어 하는 의도로 이해하면 대화가 열린다. 부모의 질문을 편안함으로 수용하고 질문 속에 담긴 아이사랑을 먼저 볼 수 있는 교사들이 되도록 함께 노력한다.

어린이집은 아이와 교사, 그리고 부모가 함께 만들어가는 공간이며 공동체이다. 한 축이더라도 흔들리면 균형이 깨진다. 나는 원장으로서 그 균형을 지키는 사람이다. 균형은 규칙이나 시스템만으로 유지되지 않는다. 태도가 먼저이다.

부모를 만날 때 나는 의도적으로 눈을 맞추었다. 말을 끝까지 듣고, 중간에 끊지 않으려 애썼다. 설명이 길어지더라도 차분하게 대답하였다. 그것은 부모 마음의 존중이었다.

어린이집을 운영하다 보면 민감하면서 걱정이 많은 부모도 있다. 아이의 기분과 컨디션에 따라 부모의 불안도 달라지기도 한다.

내가 자녀를 양육할 때도 늘 마음이 불안하고 걱정이 많았다.

"아이가 아프면 어떻게 하지?"

"아이가 넘어져서 다치면 어떻게 해야 하나?"

예전의 부모나 지금의 부모 모두 아이의 안전과 건강이 가장 염려되는 부분이라고 한다.

관계는 상대를 바꾸는 일이 아니라, 나의 태도를 점검하는 일이었다.

이제는 완벽한 설명을 하려 애쓰지 않았다. 대신 진심을 담으려 했다.

"저도 엄마이고 어린 아이를 유아 교육기관에 맡겨 보았기 때문에 부모 마음 이해합니다."

이 한 문장의 말은 부모의 눈빛을 부드럽게 바꾸는 순간을 여러 번 경험하였다.

신뢰는 하루아침에 쌓이지 않았다. 작은 일상의 반복 속에서 만들어졌다. 아침 인사와 하원 할 때의 한마디와 아이의 작은 변화를 이야기로 나누고 기록해서 전달하는 성실함이 부모의 신뢰를 키웠다.

관계는 기술이 아니다. 어떻게 말해야 오해가 없을지, 어떤 표현이 더 좋아 보일지 고민한다. 그러나 태도로 접근하면 방향이 달라진다.

"나는 부모를 존중하고 있는가?"라는 질문은 관계를 부드럽고 다정하게 한다.


코로나 이후시기에는 부모의 불안이 더 커졌다. 감염에 대한 걱정과

활동의 제한, 아이의 발달에 대한 염려 때문에 나는 더 많이 소통하려
고 노력하였다. 실내나 실외 체험활동 사진을 자주 보내고, 인형극과
이벤트 체험활동을 진행하여 아이들의 웃는 모습을 공유하였다. 부모
의 걱정은 정보가 부족할 때 더 커진다는 것을 알았기 때문이다.

부모는 완벽한 시스템보다 진심 어린 태도에 안심하였다. 한 어머니
가 이야기했다.

"원장님, 이곳 어린이집은 체계적인 것 같아서 마음이 놓여요."

부모가 전해 주는 이야기는 나에게 큰 힘이 되고 위로가 되었다. 나
는 특별한 기술을 사용하지 않았다. 다만 부모의 마음을 가볍게 여기지
않으려 애썼을 뿐이었다.

관계가 어려웠던 시절도 있었다. 오해가 쌓이고, 감정이 격해졌던 순
간도 있었다. 그때마다 나는 마음을 돌아보았다.

"나는 지금 기술로 문제를 해결하려 하는가, 태도로 관계를 지키려
하는가."

태도는 느리지만 깊었다. 한 번의 말로 바뀌지 않지만, 꾸준히 쌓이
면 신뢰가 되었다.


아이를 맡긴다는 것은 신뢰가 있기 때문에 맡기게 된다. 부모는 부모
의 제안과 의견이 수용되기를 원하고, 질문을 했을 때 어떤 답을 주는
지 기다린다.

자신의 걱정이 가볍게 여겨지지 않기를 바라기에, 부모를 공감하는 사람이 되려고 노력했다. 관계는 기술이 아니었다. 말 잘하는 방법이나 설득의 요령이 아니었다. 상대를 어떻게 바라보는지, 어떤 마음으로 듣는지가 먼저였다.

관계를 지키는 힘은 전문성보다 태도이다. 존중의 눈빛과 진심 어린 설명, 그리고 질문을 환영하는 열린 마음이다. 완벽하게 대응하지 못한 날도 있었다. 그러나 진심으로 대하려 애쓴 시간은 전혀 헛되지 않았다. 아이보다 어른이 더 어려웠던 시간 속에서 나는 배웠다.

관계를 부드럽게 하는 다정한 마음과 진심을 담아 나는 충분히 존중하는 사람이 되기로 하였다.

# 책임의 자리

버티는 사람이 아니라
책임지는 사람이 되기까지

엄마에서 원장으로, 내 삶의 책임은 더 넓어졌다. 어린이집을 운영한다는 것은 아이들의 하루를 책임지는 일이었다. 그리고 그 하루는 아이의 인생이 자라는 시간이기도 했다. 흔들리는 날이 많았지만, 그 시간이 나를 단단하게 만들었다.

1

# 두려움 위에 세운
# 첫걸음

2025년 3월의 토요일 아침이었다. 교사 아홉 명과 함께 교사 연수받으러 가고 있었다. 교육장으로 향하던 길에는 마음의 분주함으로 평소보다 시간이 빠르게 흘러가고 있었다. 차창 밖으로 스치는 건물과 신호등, 분주히 오가는 사람들의 모습은 늘 보던 풍경이었지만, 그날의 나는 유난히 마음이 분주했다.

"챗GPT와 인공지능이 유아교육에 미치는 영향"이라는 주제로 부산·경남 유아교육연합회 교육이 이루어지고 있었다.

아이들의 미래를 이야기하고, 새로운 기술을 배우며, 변화하는 교육환경을 준비하는 자리였다. 설렘이 앞서야 할 시간이었다. 그러나 내 안에서 먼저 고개를 든 감정은 기대가 아니라 두려움이었다. 교육내용을 따라가지 못할지도 모른다는 불안함과 뒤처질지 모른다는 초조함이 울렁거렸다. 그리고 이 모든 변화를 책임져야 하는 사람이라는 압박이 한꺼번에 밀려왔다. 나는 더 이상 젊은 초임 원장이 아니었다. 35년이라는 시간을 건너온 사람으로서, 여전히 배우고 있지만 동시에 방향을 선택해야 하는 자리였다. 교사들은 배움을 향해 달려가고 있었고, 나는 그 배움의 길을 함께 걸어야 하는 사람이었다. 그 무게가 그날따라 유난히 크게 느껴졌다.

교육장 안은 활기로 가득했다. 노트북을 켜고 메모를 준비하는 교사들과 새로운 용어에 고개를 끄덕이는 표정이 밝게 느껴졌다. 질문을 던지는 목소리들 사이에서 나는 원장이라는 이름의 의미를 다시 생각하게 되었다.


2018년 10월, 며칠 전부터 통증이 있어서 월요일에 큰 병원에 갔지만 대기 순번이 밀려서 진료받지 못하고 집으로 오게 되었다. 저녁 8시쯤 통증은 크게 느껴지지는 않았는데 힘이 없어지고 가만히 앉아 있기도 어려워졌다. 남편은 양산 부산대학병원으로 가자고 했다. 응급실로 들어가서 혈액검사를 하니 고도의 염증 수치가 나타나서 바로 중환자실로 들어가게 되었다.

의사는 조금만 늦었어도 생명이 위험했었다고 했다. 담낭에서 깨진 돌이 관을 막고 있었기 때문에 췌장과 간, 담낭에 염증 수치가 너무 높게 되었다는 설명이었다. 진단과 함께 긴급 수술이 결정되었다. 아무 준비 없이 병실의 천장을 마주하게 되었다.

나는 그곳에서 모든 일상을 강제로 멈출 수밖에 없었다.

병원에 있어도 어린이집 아이들의 얼굴이 아른거렸다. 교사들의 하루와 어린이집의 일정, 부모님들의 문의 전화가 이어지고 있었다.

내가 멈추면 모든 것이 흔들릴 것 같았다. 내가 쓰러지면 누군가는 더 힘들어질 것이라는 생각이 가슴을 눌렀다. 나는 그동안 잘 해내고 있다고 믿어왔다. 버티고 있었고, 책임지고 있었으며, 흔들리지 않는 사람이라고 생각했다. 그러나 병실에 누워 있는 시간은 분명히 말해 주고 있었다.

나는 누구보다 많은 사람을 돌보고 있었지만, 정작 나 자신은 돌보지 못하고 있었다.

몸은 이미 여러 번 신호를 보내고 있었다. 피로는 쌓여 있었고, 휴식은 늘 뒤로 밀려 있었다. 원장은 강해야 한다는 생각과 흔들리면 안 된다는 압박이 나를 더 빠르게 움직이게 했다. 그러나 나는 휴식을 택하지 않았다. 인정하지도 않았다. 멈추는 순간 무너질 것 같았기 때문이다.

혼자의 시간은 나에게 새로운 질문을 던졌다.

"사랑과 책임은 반드시 희생을 전제로 해야만 가능한가?"

"원장은 끝없이 버텨야 하는 사람인가?"

"균형을 선택해야 하는 사람인가?" 질문은 쉽게 답을 주지 않았다. 그러나 질문은 나를 바꾸기 시작했다. 보는 눈이 바뀌는 순간, 이전의 방식에서 새로운 방법으로 살아가야 한다는 것을 알게 되었다.

수술과 회복의 시간을 거치며, 나는 나의 삶에서 건강을 우선으로 소중하게 받아들이기 시작했다.

그동안 나는 건강을 개인적인 영역으로만 생각했다. 아프지 않으면 되는 일이라고 여겼다. 그러나 내가 쓰러졌을 때 흔들리는 것은 나 혼자가 아니었다. 어린이집의 일정, 교사들의 마음, 아이들의 하루, 가족의 일상이 함께 흔들렸다. 원장의 건강은 개인의 문제가 아니라 공동체의 기반이라는 사실을 그때 알게 되었다.

교육의 본질은 속도가 아니라 방향이었다. 빠르게 변하는 세상 속에서 중요한 것은 더 많이 아는 것이 아니라 무엇을 지킬 것인가를 아는 일이었다.


2025년 교육장에 앉아 있던 나는 2018년의 병실에 누워 있던 나와 분명히 달라져 있었다. 두려움은 여전히 존재했다. 사회의 기술 변화는 빠르고, 세상은 더욱 복잡해지고 있었다. 그러나 나는 더 이상 막연한 두려움과 불안에 나를 맡기지 않는다.

흔들리지 않는 사람이 아니라 흔들려도 다시 중심으로 돌아올 수 있는 사람이 되는 것이 중요하다.

교사들의 눈빛을 다시 바라보았다. 교사들이 오래도록 아이들 곁에 설 수 있도록 돕는 것이 나의 책임이다. 책임은 새로운 지식을 배우는 일만으로 완성되지 않는다. 서로를 둥글게 바라보고, 말을 풀어 삶으로 연결하는 태도 속에서 완성된다.

어린이집 원장이라는 이름의 무게는 여전히 가볍지 않다. 그러나 그 무게는 더 이상 나를 짓누르는 짐이 아니다. 그것은 삶의 방향을 가리키는 기준이 되었다.

두려움 위에 세운 첫걸음은 언제나 떨림을 동반한다. 그러나 그 떨림은 실패의 신호가 아니라 성장의 시작이었다. 건강을 지킨다는 것은 오래 살기 위함이 아니라, 오래도록 선한 영향력을 남기기 위함이다.

아이들의 웃음이 지속되기 위해, 교사들의 열정이 꺼지지 않기 위해, 가족의 사랑이 삶의 뿌리가 되기 위해 나는 오늘도 균형을 선택한다. 완벽한 원장이 되기 위해 애쓰는 대신, 방향을 잃지 않는 원장이 되기를 선택한다.

세상은 빠르게 변하고 아이들은 자란다. 어른들은 나이를 먹는다. 그러나 변하지 않는 것이 있다. 소중한 것을 지키기 위해 매일 선택하는 태도이다. 아이들을 위해 배우는 교사들의 열정, 가족을 향한 사랑, 나를 돌보는 작은 습관들이 결국 삶을 성숙하게 한다. 헌신은 희생이 아니라 균형에서 완성된다.


나는 흔들리며 살고 있지만 흔들려도 다시 돌아오면 된다. 삶을 둥글게 바라볼 때, 말은 사랑이 되고, 사랑은 교육이 되며, 교육은 영향력이 된다.

# 2

# 운영은 마음만으로
# 되지 않았다

배움 때문에 부산으로 내려오던 1974년 10월을 나는 아직도 또렷이 기억한다. 그날의 공기는 낯설었고, 도시의 소음은 시골의 바람 소리와는 전혀 달랐다. 익숙한 산과 들, 흙냄새와 풀벌레 소리를 뒤로하고 떠나는 일이었기에 두려움이 가득했다. 그러나 이상하게도 내 마음 안에서 먼저 올라온 감정의 이름은 설렘이었다.

더 배우고 싶다는 마음과 더 넓은 세상을 보고 싶다는 갈망이 나를 부산으로 이끌었다.

시골에서의 삶은 늘 몸을 쓰는 일이었다. 흙을 밟고 뛰어다니며 넘어지면 툭툭 털고 다시 일어났다. 나무를 오르고 들판을 가로지르며 일도 하고 놀았던 기억이 생생하다.

아이는 몸으로 배우고, 웃음 속에서 자란다. 내가 어릴 때 산과 들을 뛰어다니며 놀았던 그 경험은 훗날 내가 유아교육을 하게 된 뿌리가 되었다.

나는 열정이 강한 사람이었다. 놀이하고 게임을 하는 것도 지는 것을 쉽게 받아들이지 않았고, 넘어지면 다시 도전했다. 체력과 의지는 내 삶의 기본이었다. 어린이집을 운영하면서도 아이들과 함께 뛰어다니며 놀이하는 것을 좋아한다. 아이들과 교사들이 함께 하는 체험 현장에도 빠지지 않고 참여했다.

아이들을 사랑하는 마음과 유아교육 체험 현장을 즐기는 열정으로 활동했었다. 하지만 운영은 마음만으로 되지 않는다는 사실을 시간이 흐르면서 알게 되었다.

처음 어린이집을 운영할 때 누구보다 유아교육 현장을 사랑했다. 아이들과 뒹굴고, 교실을 누비며, 놀이를 이끌어가는 시간이 즐거웠다. 교사들과 같이 움직였고, 아이들처럼 크게 웃었다. 소풍을 가면 아이처럼 뛰어놀고 즐겼다. 체력과 열정이 있었고, 아이들을 향한 사랑이 많았다. 그것은 원장으로서 갖춰야 할 중요한 자질이라고 믿었다. 하지만 어느 순간부터 낯선 감정이 나를 찾아왔다.

교사와의 생각이 다른 장면에서, 부모 상담에서 다른 기대와 현실이 있었다. 운영과 관련된 중요한 결정이 엇갈리게 되면 어려움과 혼란을 느끼게 되었다.

진심으로 아이들과 교사들을 위해 최선을 다한다. 부모와의 소통에도 성실했지만 마음에 편안함이 없었다. 교사는 나의 열정을 부담으로 받아들이기도 했고, 부모는 나의 확신을 불안으로 해석하기도 했다.

그때마다 나는 스스로 물었다.

"왜 이렇게 마음이 같지 않을까? 마음은 서로 다르구나."

"내가 부족한 걸까? 왜 서로가 다르게 느끼는 걸까?"

아이를 사랑하고 교육하는 것, 지도력을 갖추고 어린이집을 운영하는 것은 다른 부분이 있다는 그것을 알게 되었다.

교육 현장은 즐겁고 재미있게 움직이고 있지만, 어린이집 운영은 흔들리고 있었다. 열정은 있었지만 운영하는 지혜는 부족한 것으로 생각되었다.

어린이집 운영을 잘하려면 원장의 지도력과 소통이 필요하였고 부모 상담과 마음 심리를 배워야겠다고 다짐하게 되었다.

나는 다시 배움의 자리로 돌아갔다.

45세에 교육대학원에 입학했다. 어린이집에서 일과를 마치고 학교로 향하는 길은 쉽지 않았다. 몸은 피곤했고, 머리는 무거웠다. 그러나 학교로 향하는 발걸음에는 희망이 있었다.

강의실에 앉아 이론을 배우고, 동기들과 토론하며, 사례를 분석하는 시간 속에서 나는 또 다른 나를 만났다. 이전에는 감정으로 해석하던 상황들이, 이제는 구조로 읽히기 시작했다.

부딪힘으로 느껴졌던 장면들이, 관점의 차이로 보이기 시작했다.

교사의 말속에 담긴 피로가 보였고, 부모의 질문 속에 숨은 불안이 읽혔다. 제도와 행정, 예산과 책임의 언어가 조금씩 이해되기 시작했다.

운영은 누군가를 설득하는 일이 아니라, 서로 다른 상황을 이해하고, 구조로 연결하는 일이라는 것을 알게 되었다. 아이들과 교사들을 위해 배웠고, 결국 나의 삶이 풍성하기 위해 배움의 길을 가고 있었다.

체력은 순간을 버티게 하지만, 학습은 시간을 견디게 한다는 말이 있다. 나는 더 이상 무조건 앞에서 끌고 가는 사람이 아니라 함께 방향을 조정하고, 시스템을 세워가는 사람이 되어가고 있었다.

배움은 나를 작게 만들지 않았다. 오히려 나를 성장하게 했다. 배움은 나의 열정을 식히지 않았다. 오히려 열정이 오래 가도록 붙잡아 주었다.

마음은 출발점이지만, 배움은 지속의 조건이라는 것을 깨닫게 되었다.


버티는 사람은 혼자서 감당하려 한다. 그러나 책임지는 사람은 배우며 방향을 조정한다. 나는 오랜 시간 버티는 사람이었다. 체력과 의지로 현장을 지켜냈고, 열정으로 하루를 밀어붙였다. 그러나 배움을 통해 나는 알게 되었다. 운영은 감정이 아니라 구조이고, 사랑은 지속할 수 있는 시스템 위에서 더 오래 빛났다.

경남 거창에서 부산으로 내려오던 그날처럼, 배움을 향한 선택은 나를 성장시켰다.

나는 여전히 아이들과 뛰어놀고 교육현장을 사랑한다. 놀이의 힘은 교실을 살리고, 배움의 힘은 조직을 살린다는 것을 안다.

아이들을 위해 배우고, 교사들을 위해 듣고, 나를 위해 한 걸음 더 나아가는 사람. 그 사람이 원장이다.

운영은 열정으로 시작되었지만, 배움으로 유지되고 있다.

마음은 나를 여기까지 데려왔고, 배움은 나를 오래 서 있게 했다. 운영은 마음만으로 되지 않는다. 그러나 마음 없이도 되지 않는다. 운영은 사랑으로 시작해, 배움으로 완성되는 길이다.


나는 더 이상 버티는 사람이 아니라, 배우며 책임지는 사람이다. 그리고 오늘도 다시 배움을 선택했다.

# 3

# 내 안에 있는
# 성인 아이를 만나다

나는 오랫동안 경쟁에서 지는 것을 두려워하며 살아왔다.

그 두려움은 단순히 결과의 문제가 아니었다. 이기고 지는 문제가 아니라, 준비가 부족할까 봐 두려워했다. 그리고 능력이 부족하게 보일까 걱정되었고, 무엇보다 잘 해내는 사람이라고 인정받고 싶었기 때문이었다.

그래서 늘 더 준비했다. 더 공부했고, 더 빨리 움직였으며, 더 앞서려고 노력하였다. 겉으로 보면 그것은 성실함이었고 책임감이었다. 리더의 태도처럼 보이기도 하였다. 실제로 나의 내면에서는 스스로 평가하고 있었고, 다른 면에서 나를 잘하라고 다그치고 있었다.

"이 정도로는 부족해."

"여기서 멈추면 안 돼."

"새로운 것을 배우고 익혀야 해." 나의 내면의 목소리를 당연하게 여기며 살았다. 그것이 나를 성장시키는 힘이라고 믿었다. 어린이집 원장이라는 자리는 특히 그러했다.

교직원의 실수는 곧 나의 책임이 되었고, 현장의 작은 흔들림도 결국 원장의 몫으로 돌아왔다. 나는 버티는 것이 곧 책임이라고 생각했다. 흔들리지 않는 모습이 리더의 조건이라고 생각했다. 그러니 내 마음이 불편하다는 신호를 뒤로 미루며 살고 있었다. 바쁘다는 이유로, 원장이라는 이유로, 나는 내 감정을 뒤로 밀어두는 데 익숙해져 있었다. 나는 그렇게 어른의 역할을 잘 해내고 있다고 믿었다. 그러나 나의 균열은 뜻밖의 자리에서 시작되었다.


아이들의 정원 법인 연구모임이 있던 날이었다. 장소는 을숙도 에코센터와 생태공원이었다. 자연과 놀이를 연결하는 일정이었고, 야외에서 진행되는 연구모임은 늘 그렇듯 편안할 것으로 생각했다. 경쟁보다는 공감이, 평가보다는 공유가 중심이 될 하루라 믿었다.

점심시간에는 팀별로 도시락을 먹으며 이야기를 나누었다. 자연 속에서 웃으며 걷는 시간은 여유로웠다. 오후에는 일곱 개 팀으로 나뉘어 단체 게임이 이어졌다. 윷놀이와 뒤집기 게임, 몸을 쓰는 협동 놀이였다. 처음에는 가벼운 웃음으로 시작되었다.

게임은 생각보다 뜨거워졌다. 응원 소리가 커졌고, 사람들의 표정이 점점 진지해졌다. 나도 모르게 몸에 힘이 들어갔다. 손에 쥔 막대기를 세게 잡고, 내 차례가 오기를 기다리며 긴장했다.

결국 내가 속한 4조가 우승했다. 상품으로 커피 쿠폰을 받았다. 다른 원장들의 박수를 받으며 함께 웃었다. 겉으로 보기에는 아무 문제없는 장면이었다.

그런데 이상하게도, 행사가 끝난 뒤 마음이 쉽게 가라앉지 않았다. 집으로 돌아오는 길에도, 다음 날이 되어도 그 장면이 자꾸 떠올랐다.

"나는 어른의 놀이에도 왜 그렇게 긴장했지?"

"왜 그렇게 이기고 싶었지?"

"무엇이 나를 그렇게 몰아붙였을까?" 단순한 피로가 아니었다. 설명하기 어려운 부담감, 오래된 감정이 나의 내면에서 살아나는 느낌이었다.

예전 같으면 "괜히 예민해졌나 보다" 하고 넘겼을 마음을, 그날은 그냥 두지 않았다. 나는 질문을 멈추지 않았다.

그 질문은 자연스럽게 배움의 자리로 연결되었다. 2024년 3월부터 2025년 2월까지 나는 심리상담과 부부 상담, 분노 조절 상담 과정을 연달아 수료했다. 세 가지의 상담 과정은 새로운 부분이라 또 다른 배움이었다.

그곳에서 나는 인간의 반응이 지금 여기의 문제만이 아니라는 사실을 배웠다. 어린 시절의 애착과 경험, 반복된 정서 기억, 보호받지 못한 순간들이 성인이 된 이후의 반응 방식에 깊이 연결되어 있다는 것을 알게 되었다.

특히 애착 이론에서 말하는 "안전하게 보호받지 못한 경험은 관계 속 과도한 긴장과 연결된다."는 대목에서 나는 멈추었다.

원장들의 연구모임 중 을숙도에서 함께 했던 게임이 떠올랐다.

나는 그 순간 단지 승부를 즐기고 있었던 것이 아니었다. 나는 또다시 증명하려 하고 있었다. 뒤처지지 않는 사람이고, 이기는 사람이고 싶었다.

상담심리 과정에서 나는 내 안의 어린아이를 만났다.

경쟁 앞에서 늘 긴장하던 아이와 기대에 부응하지 못할까 조심하던 아이. 사랑받기 위해 어른처럼 행동하던 아이가 있었다. 그 아이는 성인이 되었고, 원장이 되었으며, 수많은 역할을 해내고 있었다. 내면의 아이는 중요한 순간마다 조용히 반응하며 나를 몰아붙이고 있었다.

나는 그 아이를 "성인 아이"라고 불렀다. 겉으로는 유능하고 책임감 있는 어른처럼 보이지만, 내면에는 인정받고 싶고, 밀려날까 두려워하는 아이였다.

그제야 나는 이해했다. 내가 경쟁에서 지는 것을 두려워했던 이유는 능력의 문제가 아니었다. 관계에서 밀려날까 봐, 가치 없는 존재로 남을까 봐 두려워하였다.

이 깨달음은 나를 무너뜨리지 않았다. 오히려 정직하게 만들었다. 나는 더 이상 다그치지 않고, 이해하기 시작했다.

그 이후 나는 작은 선택을 바꾸기 시작했다. 교사회의에서도 완벽한 답을 먼저 내놓지 않았다.

"선생님들의 좋은 생각을 돌아가면서 함께 나누어 봅시다."라고 말하기 시작하였다.

부모 상담에서도 편안한 마음으로 부모가 궁금한 이야기를 먼저 듣고 상담을 이어가게 되었다.

무엇보다 마음속에서 긴장감이 올라올 때마다 나 자신에게 질문하였다.

"지금 반응하는 건 어른인 나니? 아니면 내면 아이니?"

자신에게 질문을 하고 난 이후부터 마음의 평안함이 있었고, 고요함이 있었다.

불필요한 긴장을 하지 않아도 되고, 선의의 경쟁도 하지 않아도 되었다. 특별히 스스로 이기려 애쓰지 않아도 된다는 사실이 나를 자유롭게 했다.

예전에는 내가 부족해 보이지 않고 뒤처지지 않기 위해 배웠다. 이제는 나를 이해하기 위해 배운다. 배움은 나를 숨기기 위한 도구가 아니라, 나를 만나기 위한 통로가 되었다.

나는 예전처럼 불안해서 배우지 않는다. 내 안의 내면 아이를 외면하지 않고, 그 아이를 안아 주기 위해 배운다.

원장이라는 이름의 무게는 여전히 존재한다. 그러나 이제 그 무게를 책임으로 버티는 것뿐 아니라, 내 마음까지 도닥여 주고, 돌보게 되었다.

진짜 성장은 더 강해지는 것이 아니라, 더 솔직해지는 것이다. 성숙한 어른이 된다는 것은 내 안의 어린아이를 모른 척하지 않는 용기를 갖는 일이다.

오늘도 나는 나의 내면 아이를 만나러 간다. 그리고 조용히 말해 준다. 성인 아이는 편안하게 보내주고, 성인은 자유롭게 살아가려고 노력한다.

**4**

# 아이와 부모, 교사 사이에서 중심을 잃다

어린이집에 처음 오는 아이가 잘 적응하기 위해서는 분명한 준비가 필요했다. 나는 그 준비를 누구보다 철저히 해 왔다고 믿었다. 해마다 신입 적응 매뉴얼을 정리했다. 부모 상담은 언제, 어떤 흐름으로 진행할 것인지, 첫 등원부터 적응할 때까지의 단계는 어떻게 나눌 것인지를 정리한다. 울음이 잦은 아이에게는 어떤 놀이 중심 접근이 필요한지, 담임교사는 어떤 역할을 맡고 원장은 어디까지 개입해야 하는지까지 세세하게 문서로 남겼다.

오랜 시간 현장을 지켜오며 축적된 경험은 매뉴얼이 되었고, 그 매뉴얼은 안정적인 운영이라는 이름으로 나를 안심시켜 주었다. 나는 그것이 아이를 돕는 도구이자, 교사와 부모를 보호하는 안전장치라고 믿었다.

오랫동안 아이들은 어린이집에 적응을 함께했고, 울음과 웃음의 패턴도 읽을 수 있었다. 그런데 아이마다 기질이 다르고, 적응의 속도가 다르다는 사실 역시 충분히 알고 있었다. 그런데도 신학기 3월, 나는 아이와 부모, 그리고 교사 사이에서 중심을 잃고 말았다.

준수는 교실 문 앞에서부터 발걸음을 떼지 못했다. 교실 안으로 들어오자마자 엄마의 옷자락을 붙들었고, 무릎에서 내려오지 않았다. 다른 아이들이 장난감을 들고 분주히 움직이며 놀이를 하는데 준수를 불안해 했다. 엄마가 조심스럽게 놀이하도록 떼어 놓으려 하면 더 세게 매달렸다. 작은 손이 하얗게 질릴 만큼 힘을 주었다.

보통 만 1세 아이들은 이틀이나 삼일 정도 엄마와 같은 공간에서 지내면 서서히 주변을 탐색하고 놀이를 시작한다. 장난감을 만져보고, 친구의 얼굴과 교사의 얼굴을 올려다보기도 한다. 그러나 준수는 달랐다. 일주일이 지나고, 이 주가 지나도 변화는 더뎠다. 삼 주가 지나서야 겨우 몇 걸음을 떼었다. 엄마는 출근을 해야 했고, 적응은 한 달을 훌쩍 넘겼다.

준수의 분리불안은 길게 이어졌다. 담임교사가 화장실을 가려 하면 울었고, 다른 아이를 안으면 다시 울음으로 신호를 보냈다. 교실에는 이미 다른 친구들이 있었다. 담임교사는 모두를 동시에 돌봐야 했다.

이때 보조교사가 반 아이들을 돌보고 함께 적응할 수 있도록 돕는다. 그럼에도 불구하고 한 아이의 불안은 교실 전체의 리듬을 흔들고 있었다. 교사의 얼굴에는 난감함과 미안함이 함께 떠올랐다. 아이를 더 안아 주고 싶은 마음도 있었고, 오래 안아 주어도 적응이 빠르게 이루어지는 것이 아니기 때문에 적절한 관심과 태도가 필요하였다.

"우리 아이가 너무 불안한가요? 우리 아이가 적응을 못 하는 건가요?"라는 질문 속에는 부모의 사랑과 함께 불안이 담겨 있었다. 아이의 울음이 길어질수록 부모의 초조함도 짙어졌다. 담임교사는 매일같이 방법을 고민했고, 원장도 함께 노력하고 있었다.

준수는 2개월이 지나서야 친구들과 놀이를 시작했다.

아이에게는 안정감이 우선이었다. 부모에게는 신뢰와 안심이 필요했다. 교사에게는 현실적으로 가능한 운영 방식이 요구되었다.

모두를 고려하면 할수록 나의 판단은 흐려졌다. 나는 관계의 균형을 지키는 것이 원장의 역할이라고 믿었다. 아이의 요구, 부모의 기대, 교사의 한계를 동시에 붙들고자 했다. 그러나 그 깊은 고민 속에서 나는 가장 중요한 기준을 놓치고 있었다. 내가 지켜야 할 중심은 사람들 사이의 균형이 아니라, 아이의 발달 기준이었다.


어른의 시선은 때로 아이를 혼란스럽게 만든다. 영아기의 불안은 문제 행동이 아니라 적응 반응이었다. 낯선 공간, 처음 만나는 어른, 예측할 수 없는 하루의 흐름은 아이에게 불안으로 느껴질 수 있었다. 그때 아이는 자신이 가장 안전하다고 느끼는 대상에게 매달렸다. 그것은 버릇이 아니라 본능이었고, 의존이 아니라 생존의 방식이었다.

하지만 부모는 혹시 우리 아이가 유난히 약한 건 아닐까를 걱정했고, 교사는 이 방식이 다른 아이들에게 영향을 주지 않을까를 염려했다. 그리고 나는 그 사이에서 어른들의 시선에 더 가까이 서 있었다. 아이의 행동을 이해하기보다 조절해야 할 문제로 바라보았다. 아이의 빠른 적응을 은근히 기대하고 있었기 때문이다.

다시 아이를 바라보았다. 말보다 먼저 반응하는 몸의 움직임과 눈빛의 흔들림을 보았다. 손끝의 긴장도 바라보았다. 아이는 말을 하지 않았지만 온몸으로 말하고 있었다.

그날 나는 교실 한쪽에서 그림책 한 권을 담임교사에게 건넸다. 교사는 준수 옆에 앉아 조용히 책장을 넘겼다. 한 장, 또 한 장. 아이의 손이 조심스럽게 책 위에 올라왔다. 시선은 그림에 머물렀다.

그림책은 단순한 읽기 자료가 아니었다. 그것은 아이에게 예측할 수 있는 세계를 건네는 도구였다. 반복되는 이야기 구조와 익숙한 그림은 아이의 불안을 낮추었다. 책을 사이에 둔 상호작용은 직접적인 신체 접촉의 부담을 줄이면서도 관계를 유지하게 했다. 준수는 여전히 교사의 무릎을 찾았지만, 이제는 책을 사이에 두고 앉아 있었다. 그림책은 아이와 교사 사이에 놓인 안전한 다리가 되었다.

우리는 하루 10분을 정했다. 같은 시간, 같은 책을 반복해서 읽었다. 이야기를 바꾸지 않았다. 아이가 이미 알고 있는 이야기를 다시 만나는 것이 중요했다. 반복은 예측을 낳았고, 예측은 안정이 되었다.

며칠이 지나자 아이의 표정이 조금씩 부드러워졌다. 울음의 빈도는 줄어들었다. 교사의 어깨도 가벼워졌다. 교실의 하루가 서서히 리듬을 되찾았다.

나는 그 과정을 부모에게도 솔직히 설명했다.

"집에서도 하루 10분만, 같은 책을 읽어 주세요."

부모의 얼굴에서 불안감이 사라지고 밝은 표정으로 되었다. 가정과 어린이집이 같은 언어로 아이를 돕기 시작했을 때, 아이의 마음은 더 빨리 안정을 찾아간다.

내가 중심을 잃었던 이유는 아이가 아니라, 사람들 사이에서 균형을 잡으려 했기 때문이었다. 진짜 중심은 언제나 아이의 발달과 정서에 있었다. 중심을 붙잡게 되자 부모와 교사의 관계도 자연스럽게 제자리를 찾았다.

어린이집 운영은 늘 선택의 연속이었다. 선택의 기준이 흐려질 때마다 나는 다시 아이의 속도로 돌아간다. 아이의 언어로, 아이의 마음으로 돌아간다.

그림책 한 권은 아이의 자존감을 키웠고, 교실의 관계를 살렸다. 그리고 무엇보다 원장인 나를 다시 중심으로 세워주었다.

버티는 사람은 흔들림 속에서 힘으로 서 있으려 한다. 그러나 책임지는 사람은 기준으로 선다. 그 기준은 사람들의 기대가 아니라, 아이의 발달이었다.

중심은 언제나 아이였다. 그 중심을 붙잡아 준 것은 조용히 책장을 넘기던 하루 10분의 시간이었다.

나는 오늘도 그 시간을 기억한다. 아이, 부모, 교사 사이에서 다시 흔들릴 때마다 스스로 묻는다.

"지금 나는 누구의 속도를 따르고 있는가." 그 질문이 나를 다시 원장으로 세운다.


아이의 눈높이에서 중심을 붙들고, 아이와 부모, 교사의 마음소리를 들으려고 노력한다.

# 5

# 도망치고 싶었던 날

아이를 이해하려면 먼저 부모를 이해해야 한다. 유아교육 서적에도, 부모 교육 강의에도 반복되는 문장이다. 나는 그 문장을 머리로 받을 뿐만 아니라 가슴으로 받기까지는 긴 시간이 필요했다.

어린이집을 운영한다는 것은 아이를 돌보는 일과 아이와 함께하는 가족들의 삶도 함께 마주하는 일이다. 부모의 하루와 부모의 불안을 이해해야 한다. 아이를 향한 부모의 미안함과 기대까지 생각할 때 나는 그 자리에서 여러 번 울컥하였다.

어린이집을 운영하다 보면 문득 가정의 일과 어린이집의 아이와 부모, 교사의 일까지 한꺼번에 벅차게 느껴지는 날이 있다. 그날도 그랬다. 출근길에 아이가 울음을 멈추지 않는다는 연락을 받았다.

이어 급식 메뉴에 관한 질문과 아이의 말투가 달라졌다는 걱정도 들었다. 하원 시간이 늦어질 것 같다고 부모에게 양해 전화 요청도 받았다.

하나에 답을 하면 또 다른 질문이 도착했다. 그날은 오전에 이미 하루의 에너지를 다 써버린 듯 무거웠다. 아주 잠깐이지만, 잠시라도 숨고 싶었다.

하지만 우리 어린이집 부모의 약 60퍼센트는 워킹 맘이다.

아침마다 시간에 쫓기고, 회사와 가정 사이를 오가며 하루를 바쁘게 살아 내는 부모이다. 나 역시 워킹 맘이었다. 워킹 맘의 마음을 누구보다도 살아본 사람으로서 이해가 된다.

아이 가방에 넣어야 할 준비물을 빠뜨린 날은 엄마는 혼자서 자책한다. 약속을 깜빡 잊었을 때도 있었고, 어린이집 일이 밀려 있었을 때 자녀의 얼굴을 제대로 보지 못하고 하루를 마무리한 적도 있었다.

아이에게 미안했다. 잘 해내고 싶은 마음이 클수록 실수는 더 크게 느껴졌고, 그럴수록 나 자신을 더 몰아붙이게 되었다.

"나는 엄마로서 잘하고 있는 걸까?"

부모가 던지는 이 질문은 비난이 아니라 불안이었다. 요구가 아니라 확인이었다. 그 사실을 알면서도, 여유가 없던 날은 불안의 마음조차 품어내지 못했다. 마음 한편에서는 원장의 책임과 인간으로서의 한계가 부딪혔다. 나는 그때 흔들렸고, 가끔은 이 자리에서 도망치고 싶었다.

『부모와 아이 사이』 기너트 작가의 책에서 한 문장을 만났다.

"아이의 행동 뒤에는 부모의 감정과 관계가 있다. 아이를 이해하려면 먼저 부모를 이해해야 한다.”

나는 어린이집에서 일하는 부모의 이야기를 많이 듣게 된다. 아침마다 전쟁을 치르는 것처럼 어린이집에 등원시키고 출근하는 부모와 아이 가방을 챙기다 회의 시간에 지각하는 일도 있다는 이야기도 들었다. 나는 아침에 어린이집 전화벨이 울리면 가슴이 요동친다. 무슨 일이 있을까? 아니면 무엇이 궁금할까? 콩닥콩닥 뛰는 가슴을 큰 숨으로 일축하고 전화를 받는 일도 익숙해진다.

“부모의 평정심은 아이에게 가장 큰 안정감이 된다. 부모의 무능이 아니라 과부하였다.”라는 문장을 읽는 순간, 마음이 멈췄다. 부모를 향한 나의 언어가 어느 순간 공감이 아니라 결정을 내리고 있지는 않았는지 돌아보게 되었다. 공감의 언어로 다시 돌아가야 한다는 신호였다.

어린이집 문을 열고 상담을 위해 들어오는 부모들의 표정은 제각각이다. 환하게 웃으며 긴 이야기를 나누는 부모도 있고, 불안한 얼굴로 꼭 필요한 말만 남기고 급히 돌아서는 부모도 있다. 같은 상황에서도 반응이 다른 날들이 있다.

사소한 일에도 예민해지는 날이 있고, 웬만한 일은 웃으며 넘길 수 있는 날도 있다. 그 차이는 대부분 소통의 밀도에서 비롯된다. 평소 담임교사와 부모 사이에 얼마나 신뢰가 쌓여 있는지에 따라, 같은 사건도 전혀 다른 결과로 이어진다.

아이의 부모는 각자의 삶을 품고 있다.

책임감에 짓눌려 아이와 충분한 시간을 보내지 못했다는 미안함을 안고 사는 아빠, 하루하루를 버티듯 살아가기도 한다. 자신을 자책하는 엄마와 그들의 마음속 질문은 대부분 같다.

"나는 지금 괜찮은 부모일까?"

나 역시 어린 두 아이를 다른 유아 교육기관에 맡기고 어린이집을 운영하던 시절이 있었다. 그래서 부모의 마음을 조금 더 깊이 이해하려 애쓴다. 바쁜 일상에서 미안함을 채우려 과잉보호로 흐르기도 하고, 하루의 피로로 인해 무관심처럼 보이는 양육이 나타나기도 한다는 것을 알기 때문이다.

부모에게 말하고 싶다. 아이에게 미안함 때문에 과잉보호로 흐르지는 않았으면 좋겠고, 아무리 피곤해도 아이의 말을 꼭 들어주는 부모이면 좋겠다.

나는 교사들에게 말한다.

아이의 언어와 행동을 이해하려면, 부모의 이야기에 먼저 귀를 기울여야 한다. 아이가 불안한 행동을 보일 때는 "오늘 무슨 일이 있었을까?"라는 생각을 먼저 떠올려야 한다. 교사는 제2의 부모로서, 부모의 사랑을 이어 주는 다리가 되어야 한다. 그리고 아이를 충분히 관찰하고 반응하며 사랑으로 함께 돌봄을 하는 것이 중요하다.


2024년 3월, 왼쪽 종아리와 오른쪽 목에 통증이 시작되었다.

밤마다 잠을 설칠 정도였고, 시간이 갈수록 통증의 횟수는 늘어났다. 혈액 종합검사 결과는 동맥경화, 고혈압, 당뇨의 경계선으로 진단되었다.

건강만큼은 자신 있었던 나에게 큰 충격이었다. 그동안 몸의 신호를 알아차리지 못하고 무심하게 지나왔다. 힘들었던 시간을 버텨왔다는 사실을 그제야 인정하게 되었다.

경계선으로 나타났을 때는 병원에서는 치료와 약을 처방해 주지 않는다. 몸은 아프고 괴로운데 치료를 처치를 해 주지 않으니 통증으로 견딜 수가 없었다.

그래서 한의원으로 가서 치료받고 몸을 돌보았다. 종아리가 아파서 정형외과에 갔더니 하지정맥 시술을 권유받았다. 그러나 나는 먼저 식생활부터 바꾸기로 했다. 혈액순환에 좋은 음식으로 식사하고, 의식적으로 쉬는 시간을 만들었다. 하루의 근무시간과 쉬는 시간을 정해서 쉬었다.

쉬는 시간을 연습했고 기본운동을 시작하였다. 신기하게도 어느 순간부터 종아리 통증은 줄어들었다. 왼쪽 목의 저림도 서서히 사라졌다. 몸은 정직했다. 내가 건강에 대해 무심했던 시간만큼, 정확히 신호를 보내고 있었다.

도망치고 싶었던 날은 도망치고 싶은 일이 아니라, 멈춰서 휴식하라는 신호였다. 버티는 것이 책임이 아니라, 나 자신까지 돌보는 것이 진짜 책임이었다.

어린이집 원장은 강해 보여야 하는 사람이 아니라, 오래 서 있을 수 있도록 자신을 살필 줄 아는 사람이다. 삶 속에는 흔들리는 날도 있고 벅찬 날도 있다. 보이지 않는 곳에 살며시 숨고 싶은 순간도 있다. 그러나 이제는 마음을 외면하지 않는다. 삶에서 조용히 숨고 싶은 날이 오면 이야기하려 한다.

"너 지금 힘들구나, 쉬면서 일해."

자신을 도닥여 주고 인정하면 다시 중심으로 돌아오게 된다. 지금 있는 그곳에서 아이들과 함께 건강하게 활동하기 위해서는 나 자신부터 책임져야 한다는 것을 알게 되었다.


도망치고 싶었던 순간은 실패의 신호가 아니라, 나를 돌보고 휴식하라는 삶의 요청이었다.

# 6

# 원장은 답을 주는
# 사람이 아니었다

새 학기가 다가오면 어린이집은 보이지 않는 긴장으로 가득 찬다. 교실 배치를 점검하고, 교재와 교구를 재배치한다. 아이들의 이름을 하나씩 불러보는 시간 속에서 하루를 마주한다.

"우리 아이에게 좋은 교사가 담임이면 좋겠어요."

부모의 말에는 아이를 향한 간절함이 담겨 있다. 그 말 앞에서 나는 고개를 끄덕이며 미소를 짓는다. 마음 한편에서는 또 다른 문장이 함께 떠오른다.

"우리 교사들이 부모님께 존중받았으면 좋겠습니다."

얼핏 서로 다른 방향을 향하고 있는 것처럼 보인다. 하나는 아이를 중심에 두고 있고, 다른 하나는 교사를 향하고 있기 때문이다. 그러나 어린이집을 오래 운영하며 알게 되었다. 이 두 문장은 사실 같은 뿌리에서 나온 말이다. 부모의 시선은 언제나 내 아이에게로 향한다. 그것은 너무도 자연스러운 일이다. 아이가 행복하게 잘 지내는지, 혹시 상처는 받지 않는지 살피는 마음은 부모로서 당연한 마음이다. 반면 원장의 시선은 두루두루 살펴야 한다. 아이와 부모, 교사, 기관 전체를 동시에 바라봐야 한다. 때로는 부모의 요구가 때로는 교사의 부담이 되기도 하고, 교사의 이야기가 부모에게는 불안으로 다가올 수도 있다.

아이와 부모, 교사 사이에서 나는 답을 요구받는 사람이었다. 교사들은 종일 아이의 마음을 다독이며 즐거운 활동을 하려고 애쓴다. 교사는 부모와도 짧은 이야기를 주고받으며 하루를 지낸다. 같은 말을 여러 번 반복하면서도 미소 담은 말을 하고, 같은 놀이를 진행하면서도 아이마다 다른 반응에 즉각적으로 대응한다. 아이의 눈높이에 맞추기 위해 몸을 낮추고, 부모의 걱정을 덜어주기 위해 말의 온도를 조절한다. 그 모든 과정이 자연스럽게 보일 뿐, 전혀 가볍지 않다는 것을 나는 안다. 어린이집을 운영하며 교사들에게 고맙고, 동시에 존경한다. 아이들보다 먼저 등원해 하루의 놀이와 활동을 준비하고, 모두가 돌아간 뒤에도 교실에 남아 교구를 정리하는 모습은 언제 보아도 마음이 숙연해진다.

교사는 아이의 마음을 읽는 사람이다.

말로 다 표현하지 못하는 감정을 눈빛과 몸짓으로 알아차리고, 놀이 속에 그 마음을 풀어낼 수 있도록 돕는다. 부모의 불안한 마음조차 함께 안아 주는 사람이다. 그런 교사들을 바라보며 나는 자연스럽게 원장은 답을 주는 사람이라고 생각했다. 문제가 생기면 해결책을 제시해야 하고, 갈등이 생기면 명확한 기준을 내려야 한다고 믿었다. 부모와 교사가 질문하면, 그 질문에 대한 정답을 내가 가지고 있어야 한다고 생각했다. 하지만 시간이 흐를수록 그 믿음은 조금씩 흔들리기 시작했다. 어떤 질문은 내가 아무리 고민해도 명확한 답이 나오지 않았고, 어떤 갈등은 내가 답을 제시할수록 오히려 더 복잡해지기도 했다. 그 과정에서 깨닫게 되었다.

질문에 대한 답은 원장 혼자 만들어 내는 것이 아니라, 부모와 교사, 그리고 교육현장이 함께 찾는 것이다.

부모는 언제나 내 아이를 중심에 두고 생각한다.

원장은 교사와 아이, 그리고 교육기관 전체의 균형을 생각한다. 방향은 달라 보이지만, 깊이 들여다보면 근본은 같다. 부모와 교사와 원장도 아이를 잘 키우고 싶다는 마음이다. 모두 그 마음으로 아이들을 바라보고 있다. 교사는 아이의 담임이고, 원장은 교사의 담임이다. 나는 아이만큼이나 교사의 표정과 말, 태도를 유심히 살핀다. 교사는 종일 아이의 감정과 행동을 온몸으로 받아 내는 사람이다. 아이의 작은 울음에도 마음이 흔들리고, 조금이라도 다치면 밤새 자신을 탓한다.

"내가 조금 더 빨리 봤어야 했어."

"내가 놓친 건 아닐까."라는 말속에는 책임감과 사랑이 동시에 담겨 있다. 교사들의 고충을 듣다 보면, 결은 늘 비슷하다. 아이를 사랑하지 않아서가 아니라, 너무 사랑하기 때문에 마음이 고되다는 것이다. 부모 역시 다르지 않다. 아이가 너무 소중하기에 혹시라도 상처받을까 늘 염려하는 것이다. 나는 교사의 이야기를 끝까지 들어주는 사람이 되고자 했다. 교사의 마음을 대신 설명해 주는 사람이 되고자 했다. 그리고 무엇보다 교사가 단단한 마음과 건강한 몸으로 아이를 만날 수 있도록 돕는 사람이 되고자 했다. 교사 처지를 생각하는 과정에서 나는 조금씩 알게 되었다.

원장은 모든 답을 주는 사람이 아니라, 답을 찾을 수 있도록 곁에 서 주는 사람이어야 한다.

원장은 어떤 관계를 지켜낼 것인가를 끊임없이 질문해야 하는 사람이다. 부모의 요구를 무조건 수용한다고 아이가 더 행복해지지는 않는다. 교사를 무조건 보호한다고 교사가 성장하지도 않는다. 아이에게 좋은 교사는 혼자 애쓰는 교사가 아니라, 지지받고 존중받으며 자기 힘을 회복할 수 있는 교사다. 원장의 역할은 답을 정리해 전달하는 것이 아니라, 부모와 교사가 같은 방향을 바라볼 수 있도록 돕는 일이다. 부모에게는 교사가 아이를 관찰하고 다정하게 활동하는 모습을 알고, 교사는 부모의 불안을 이해하게 하는 일이다.

원장은 판단자가 아니라 조정자가 되어야 하고, 해결자가 아니라 연결자가 되어야 한다.

아이를 사랑하는 것만큼 중요한 것은 교사를 사랑하는 일이다. 교사의 마음이 기쁨과 사랑으로 채워질 때, 아이의 하루도 안전해지고 즐거워지기 때문이다. 종일 아이들을 품어주고 안아 주는 손길이 지치지 않도록, 교사 자신도 보호받아야 한다. 아이들의 일상을 따뜻한 눈빛으로 지켜보는 교사들의 마음속에도 보람과 가치가 자라나길 바라는 마음이다. 교사는 부모보다 더 오랜 시간을 아이와 함께 보낸다.

교사는 아이의 표정과 말투, 감정의 미묘한 변화를 가장 먼저 알아차리는 사람이다. 엄마를 찾으며 우는 아이를 등에 업고 마음조차 달래 주는 사람이고, 친구와 다툰 아이들 사이에서 조용히 기다리다가 "어떻게 하면 좋을까?"라고 물어봐 주는 사람이다. 교사는 아이의 안전과 발달을 매 순간 살피는 사람이다. 그래서 한 명의 교사가 모든 짐을 지지 않도록, 원장과 동료가 함께 아이를 안아 주고 보살펴주는 것이 필요하다. 그것이 내가 생각하는 책임의 형태이다.

나는 오랫동안 원장은 답을 주는 사람이라고 믿었다. 수많은 갈등과 눈물, 그리고 말하지 못한 침묵의 시간을 지나며 알게 되었다. 원장은 답을 말하는 사람이 아니라, 사람과 사람 사이에서 마음이 무너지지 않도록 지켜 주는 사람이다. 부모와 교사, 아이가 모두 지치지 않도록 가장 뒤에서 가장 오래 서 있는 사람이다. 나는 오늘도 답 대신 질문을 건넨다.

"우리는 지금 함께 아이를 키우고 있다는 사실을 기억하고 있나요?"

라는 질문은 누군가를 평가하지도, 즉각적인 해결책을 내놓지도 않는다. 대신 서로를 다시 바라보게 만든다.

한 문장의 질문이 아이와 부모, 교사를 살리고, 결국 원장인 나 자신을 살렸다.

# 7

# 질문을 품는 리더십

부모 상담을 하다 보면 유난히 자주 듣는 질문이 있다.

"오늘 우리 아이가 무엇을 배웠을까요?"라는 질문을 하는 부모의 표정에는 기대와 불안이 함께 있다. 또래보다 많이 뒤처지지는 않았는지, 하루를 의미 없이 보내지는 않았는지 확인하고 싶은 마음이 겹쳐 있다. 그런데 같은 자리에서 전혀 다른 결의 말이 이어질 때도 있다.

"그냥 많이 웃고, 재미있게 놀았으면 좋겠어요."라는 부모의 말에는 솔직함이 담겨있다. 그러나 부모의 마음에는 아이를 잘 키우고 싶다는 간절함이 있다. 부모는 아이가 많이 배우길 바라면서도, 동시에 아무 걱정 없이 즐겁기만 해도 괜찮다고 말한다. 나는 그 상반된 언어 속에 담긴 부모의 마음을 알아차리기 위해 오래 애써 왔다.

처음 원장이 되었을 때, 나는 부모의 질문에 정확한 답을 주는 사람이었다. 무엇을 배웠는지, 어떤 활동을 했는지, 어떤 성과가 있었는지를 정리해 전달해야 부모가 안심할 것으로 생각했다. 그래서 일과를 꼼꼼히 정리했고, 활동의 의미를 설명하는 데 많은 시간을 들였다. 부모 상담 시간에는 아이가 한 일을 설명했고, 교육적 효과를 이야기하였다. 2010년 그때는 교육의 효과를 설명할 수 있는 것이 곧 잘하는 교육이라고 믿고 있었다. 하지만 시간이 흐를수록 마음 한편이 불편해졌다. 아무리 자세히 설명해도, 상담을 마친 부모의 얼굴에서 불안이 보였기 때문이다. 그때 깨닫기 시작했다. 부모가 진짜로 묻고 싶은 것은 결과가 아니라 과정이라는 것이다. 아이가 무엇을 배웠는가보다, 오늘 하루를 어떻게 지냈는지가 궁금했다.

"오늘 아이가 무엇을 배웠는지 보다, 누구와 어떻게 놀았는지를 물어봐 주세요."라고 부모에게 이야기한다. 지식을 묻지 말라는 뜻이 아니었다. 배움의 출발점이 어디에서 시작되는지를 함께 바라보자는 제안이었다. 아이의 배움은 책상 앞에서만 자라지 않는다. 놀이 속 관계와 경험 속에서 훨씬 깊게 배운다. 아이들에게 놀이를 교육보다 먼저 두는 이유는 놀이 속에 삶이 있기 때문이다. 진짜 배움은 설명이 아니라 경험에서 시작된다.

교실에서 흔히 볼 수 있는 블록 놀이만 보아도 그렇다. 아이들은 블록을 쌓으며 순서를 생각하고, 무너진 탑을 보며 다시 시도할 방법을 찾는다.

“이 블록은 내가 쌓을게!”라고 말하며 자기 주도성을 키우고, 친구와 협력하며 협동의 감각을 배운다. 놀이 과정에서 아이는 수를 이해하고, 문제 해결이라는 단어를 몰라도 해결의 감각을 몸으로 익힌다. 놀이는 단순한 시간이 아니다. 놀이는 신체, 언어, 정서, 인지, 사회성이 동시에 자라는 통합의 장이다.

교사들은 오래전부터 이 사실을 알고 있었다. 그래서 교사들은 진짜 놀이를 소중히 여긴다. 오감 놀이로 만지고, 느끼고, 냄새 맡고, 소리를 듣는다. 블록 놀이로 쌓고 무너뜨리며 실패와 재도전을 경험한다. 역할 놀이 속에서는 내가 아닌 누군가가 되어 감정과 관계를 연습한다. 이 모든 놀이의 공통점은 정답이 없다는 것이다. 아이의 생각과 느낌이 자연스럽게 드러나야만 가능한 놀이다.

그러나 놀이가 깊어질수록 또 다른 긴장이 따라온다. 아이들이 적극적으로 움직일수록 넘어지고 부딪히는 순간도 있다.

작은 상처라도 생기면 어린이집 전체의 공기가 순간 멈추기 때문이다.

“부모님께 어떻게 설명 드려야 할까요?”라는 교사의 질문에 나는 이야기한다.

“가장 솔직한 것이 가장 정직한 겁니다. 있는 그대로 이야기해 드리고 함께 최선을 다해 봅시다.”

아이에게 작은 상처가 생기게 되면 교사들의 마음에는 두 가지 마음이 생긴다고 한다. ‘하나는 아이를 지키지 못했다는 미안함, 두 번째는 놀이를 제한해야 하는 건 아닐까.' 하는 두려움이라고 한다. 이때 많은 교사는 답을 찾으려 한다. 놀이를 줄일까, 규칙을 더 만들까, 위험해 보이는 활동은 아예 하지 말까. 나 역시 처음에는 그 질문들 앞에서 정답을 찾으려 애썼다.

그러나 시간이 지나며 알게 되었다. 아이의 안전과 성장은 선택의 문제가 아니라, 함께 질문하며 조율해야 할 과정이다.

놀이냐 안전이냐를 나누는 순간, 아이의 놀이는 두 가지로 질문하게 된다.

"어떻게 하면 아이가 안전하고, 살아 있는 놀이를 할 수 있을까요?"
"아이를 안전하게 지키면서도 적극적으로 놀게 할 수는 없을까요?"


질문을 품는다는 것은 판단을 미루고 관찰을 선택하는 일이다.

즉각적인 결론을 내리는 대신, 아이의 움직임과 의도를 한 번 더 바라보는 태도다. 원장으로서 나는 답을 말하는 사람이 아니라, 이 질문을 교사와 부모, 함께 품는 사람이 되어야 했다. 질문을 품기 시작하면서 어린이집의 대화는 조금씩 달라졌다. 오늘 아이가 무엇을 배웠는지를 묻기 전에, 어떤 관계 속에서 어떤 감정으로 놀았는지를 먼저 이야기하게 되었다.

아이의 실수는 문제로 규정되기보다 시도로 해석되었고, 교사의 불안은 책임 회피가 아니라 전문성 일부로 존중받기 시작했다. 부모 역시 점점 결과보다 과정을 묻기 시작했다.

"오늘은 누구랑 가장 즐거웠나요?"라는 질문이 늘어났고, 아이의 하루는 이야기의 주제가 되었다.

질문은 아이를 주체적인 배움의 자리로 이끌고, 교사를 지치지 않게 하며, 부모의 불안을 신뢰로 바꾸었다. 아이들의 놀이를 바라볼 때마다 나는 삶을 떠올린다.

어쩌면 우리의 인생도 다르지 않다. 우리는 매일 정답을 찾으며 살아가는 것 같지만, 실제로는 수많은 질문을 품고 하루를 건너간다. 완벽한 결과보다 중요한 것은 과정에서 흘린 땀과 웃음, 그리고 다시 시도하려는 마음이다. 아이가 놀이 속에서 수없이 넘어지고 다시 일어서며 자라듯, 우리 역시 흔들리고 실패하며 조금씩 단단해진다.

나는 이제 원장으로서 더 이상 빠른 답을 주려 애쓰지 않는다. 대신 함께 질문하는 자리를 만든다. 질문을 품는 순간, 배움은 시작되기 때문이다. 아이의 성장은 우리의 성장을 비춘다. 질문을 두려워하지 않고 품을 수 있을 때, 우리는 아이와 함께 자라고 있었다.

정답을 주려는 순간 배움은 멈추고, 질문을 품는 순간 배움은 시작된다.

# 8

# 흔들리며
# 더 단단해지는 원장

평범한 하루, 놓칠 수 없었던 신호, 2023년 3월, 새 학기가 막 시작된 시기였다. 어린이집은 늘 그렇듯 분주하였다. 교실마다 아이들의 웃음소리가 흘렀고, 복도에는 작은 발걸음들이 경쾌하게 오갔다. 아침 인사를 나누고, 놀이가 시작되고, 일과는 익숙한 리듬을 타고 흘러가고 있었다. 겉으로 보기에는 아무 문제도 없어 보이는 평범한 하루였다.

35년을 현장에서 보낸 사람의 눈에는 평범함 속에서도 미세한 어긋남이 보인다. 나는 한 교사의 얼굴에서 그 신호를 읽었다. 웃고는 있었지만 웃고 있지 않은 얼굴이었다. 아이를 안아 주고 있었지만, 어깨가 유난히 축 처져 있었다. 말투는 평소와 다르지 않았으나, 몸의 속도는 이미 느려져 있었다. 눈빛에는 작은 피로의 그늘이 내려앉아 있었다.

교사들은 늘 괜찮다고 말한다. 아이들 앞에서, 부모 앞에서, 동료 앞에서 자신의 상태를 쉽게 드러내지 않는다. 성실함이라는 이름으로, 책임감이라는 이름으로, 미소를 얼굴에 얹은 채 하루를 버틴다. 나 역시 오랫동안 그렇게 버텨온 사람이었기에 그 표정을 알아보았다. 겉으로는 단단해 보이지만, 속에서는 조용히 흔들리고 있는 상태를 보았다. 나는 조심스럽게 다가가 물었다.

"선생님, 괜찮아요?"

교사는 잠시 멈칫하더니 고개를 끄덕이며 대답하였다.

"괜찮습니다." 그 대답은 너무나 익숙하였기에 오히려 낯설었다. 말은 괜찮다고 하였으나, 몸은 이미 쉼을 요청하고 있었다. 나는 다시 한 번 말을 건넸다.

"선생님, 잠깐 쉬세요. 제가 아이들과 10분만 함께 있을게요."

그 순간 나는 단순히 한 교사를 향해 말을 건넨 것이 아니었다. 내 안에 자리 잡고 있던 오래된 지도력의 기준을 흔드는 선택을 하고 있었다.


원장이 교실로 들어가는 이 장면이 혹시 교사의 전문성을 침해하는 것으로 보이지는 않을까?,

내 안에서는 여러 갈래의 고민이 동시에 일어났다.

나는 오랫동안 버팀을 미덕으로 삼아왔다. 좋은 교사란 끝까지 자리를 지키는 사람이라고 믿었다.

좋은 원장이란 교실을 관찰하고 필요할 때 조언을 주는 사람이라고 생각하였다. 그날 나는 다른 질문을 던졌다.

지친 교사가 버티는 것이 과연 아이에게 좋은 일일까? 쉼 없이 견디는 공동체가 정말 건강한 직장일까?

나는 이미 여러 상담과 교육, 배움의 시간을 통해 회복탄력성 이론을 배우고 있었다. 사람의 성장은 강인함에서만 나오는 것이 아니라, 다시 회복하는 능력에서 나온다는 사실을 배웠다.

쉬지 않고 견디는 사람보다, 적절히 쉬고 다시 일어나는 사람이 더 오래 간다는 진리를 공부를 통해 깨달았다. 그러나 그 배움을 현장에서 실천하는 일은 또 다른 용기를 요구하였다.

원장은 책임자이다. 동시에 동료이며 교사이다. 나는 교사를 더 버티게 만드는 사람이 아니라, 교사가 쉼을 통해 힘을 얻도록 돕는 사람이 되어야 했다. "어린이집은 쉼이 허락되는 공간이다"라는 신호를 보내는 것이 나의 역할임을 그 순간 선명히 깨달았다.

나는 더 이상 고민하지 않고 교실로 들어갔다. 바닥에 앉아 동화책을 펼치고 아이들과 눈을 맞추었다. 목소리를 낮추고 천천히 이야기를 읽어 내려가자 아이들은 자연스럽게 내 곁으로 모여들었다. 아이들의 숨결이 고르게 이어졌고, 분주하던 교실의 공기가 차분히 가라앉았다.


내가 동화책을 읽어 주는 시간에 교사는 화장실에 다녀오고, 물을 한 잔 마시고, 잠시 앉아 있었다. 교사에게 휴식과 쉼이 필요한 시간이 있다. 가끔 그 쉼은 교사의 에너지 회복의 시간이 된다.

 

나는 나대로 아이들과 함께하는 자리에서 열정의 회복 시간이 되었다. 원장의 자리에서 교사의 자리로 앉은 것이다. 아이들과 눈을 맞추고 이야기를 나누던 초임 원장의 마음이 되살아났다. 열정과 설렘으로 가득했던 젊은 날의 내가 교실 한가운데에 앉아 있었다.

교사에게 휴식 시간과 쉼의 시간은 단순한 배려가 아니었다. 그것은 지도력의 방향이었다. 리더는 흔들리지 않는 사람이 아니라, 흔들릴 때 기댈 수 있는 사람이 되어야 함을 알려주었다.

중요한 것은 관계의 안전이라는 기준이었다. 교사가 지지받을 때 아이도 안정된다. 어린이집이 안전할 때 유아교육은 깊어진다.

그날 이후 나는 더 자주 교사들의 표정을 살피게 되었다. 말보다 몸의 신호를 읽으려 노력하였다.

작은 쉼을 허락하는 교직의 문화가 어린이집 안에 자리 잡기 시작하였다.

"힘들면 말해도 됩니다. 잠깐 쉬고 오세요."

이 짧은 문장은 교사들 사이에서도 서로의 상태를 묻는 말이 늘어났다. 완벽하게 변한 것은 아니었지만, 분명 이전과는 다른 분위기가 만들어지고 있었다.

나는 그 과정에서 깨달았다. 단단함은 흔들리지 않는 상태가 아니라, 흔들린 후 다시 중심을 찾는 힘이다.

오랫동안 나는 강해야 한다고 믿었다. 원장은 중심을 잡고 있어야 한다고 생각하였다. 감정을 드러내지 않고, 언제나 해결책을 제시하는 사람이 되어야 한다고 여겼다. 그러나 세월은 나에게 다른 답을 가르쳐 주었다. 지도력은 완벽함에서 나오지 않았다. 지도력은 관계 속에서 자라났다. 지도력은 흔들림을 인정하는 순간부터 깊어졌다.

그날 이후 교사의 표정에는 조금의 여유가 생겼다. 아이들과의 상호작용이 더 부드러워졌고, 웃음이 더 자연스러워졌다. 공동체도 조금씩 단단해졌다. 그것은 통제의 결과가 아니라 신뢰의 결과였다.

아이들은 교사들의 관계 속에서 안전을 배우고, 지지받을 때 아이도 마음 놓고 자란다. 원장이 현장으로 들어오는 모습을 통해 아이들은 또 다른 어른의 품을 경험한다. 교육은 그렇게 관계의 결속에서 깊어진다.

지도력은 흔들리지 않는 힘이 아니라, 흔들릴 때 함께 서 줄 수 있는 용기이다. 버티게 만드는 사람이 아니라, 잠시 기대도 괜찮다고 말해 주는 사람이 진짜 책임자이다. 흔들림은 실패가 아니었다. 흔들림은 나를 더 넓은 사람으로 만드는 통로였다.

나는 오늘도 현장에서 선택한다. 교사의 작은 신호를 외면하지 않고, 아이들의 숨결 가까이에 머물며, 권위보다 관계를, 통제보다 신뢰를 선택한다.

리더는 버티는 사람이 아니라 책임지는 사람으로, 흔들림을 두려워하지 않고, 그 흔들림을 함께 통과하는 원장이다.

리더십은 흔들리지 않는 것이 아니라, 흔들림을 알아차리고 그 곁에 서서 평안을 찾는 감각이다.

# 제4장

# 배움의 힘

---

## 늦은 공부가
## 내 삶을 다시 세웠다

배움은 나를 바꾸기 위해 시작되었다. 나는 마흔이 넘어서 다시 공부를 시작했다. 늦었다고 생각했던 배움은 오히려 내 삶을 다시 세우는 힘이 되었다. 배움은 나이를 묻지 않는다. 배움은 삶을 다시 시작하게 만든다. 아이를 이해하려고 애쓰던 날들 속에서 나는 나 자신을 이해하기 시작했다.

1

# 두려움 앞에서
# 다시 공부를 시작하다

경험으로는 부족하다고 느끼기 시작한 순간이다.

나는 문득 낯선 감각 앞에 잠시 멈춰 서 있었다. 상담실에 마주한 교사의 눈빛이 예전과 다르게 보였다. 어떤 일이 있었을까? 이야기를 들어보니 아이에 대한 부모의 불안이 이전보다 더 크게 있는 것으로 보였다. 아이의 작은 행동에도 더 깊은 의미가 숨어 있는 듯 느껴졌다.

나는 오랫동안 아이의 행동을 관찰했고, 그 관찰에서 아이의 불편함을 알아차리고 있었다. 다양한 기질을 가지고 있는 부모와 아이를 만났다. 교사들의 어려움을 함께 해결하고 아이들과 함께 즐거움을 나누고자 하였다. 지난 오랜 시간은 나에게 든든한 자산이 되었다. 그러나 어느 순간부터 아이와 부모, 교사와의 관계에서 어려움이 있었다.

교사와 함께 이야기를 나누며, 교사의 관점에서 경청하는 시간이 점점 길어졌다. 말을 건네고, 고개를 끄덕이고, 위로의 문장을 건네면서도 마음 한편이 채워지지 않았다.

"지금 대화하는 것이 교사에게 도움이 되는 걸까."라는 의문이 생겼다. 경험이 많다고 해서 교사의 마음을 알아차리고 답은 주는 사람은 아니었다. 교사의 담임이 원장이라고 교사 오리엔테이션에서도 이야기하였다. 나는 교사에게 완전한 울타리는 아니더라도 든든한 울타리는 되어 주고 싶었다. 그리고 교사가 아이들과의 활동을 재미있게 할 수 있도록 돕는 일을 가능하였다. 그리고 부모와 교사의 관계를 더 돈독하게 되도록 지원할 수 있었다.

그런데도 교사의 마음이 불안하다고 느끼게 되면 두려움이 앞서게 되었다. 아이를 이해하고 사랑하는 일이 교사에게는 가장 중요한 일이다. 그리고 부모의 불안을 알고 아이를 돌보고 놀이하는 활동도 아주 중요하다. 그러기에 교사의 마음을 챙겨주는 것은 중요하면서도 필요한 일이었다. 교사에게 지원하는 부분이 점점 더 정교해 졌다. 교육의 현장은 관계의 흐름이 빠르게 변하고 있고, 관계의 결은 이전보다 훨씬 섬세해졌기 때문이다.

나는 여전히 성실하고 최선을 다하고 있다고 믿었다. 그런데도 어딘가에서 미세하게 어긋나고 있음을 알아차리게 되었다. 마치 오래 사용한 나침반이 아주 조금 방향을 빗겨 가리키는 것처럼, 겉으로는 괜찮아 보이지만 중심이 살짝 흔들리고 있었다. 그때 내 안에서 하나의 질문이 조심스럽게 나타났다.

"내가 공부를 더 하면, 부모와 교사에게 도움이 되지 않을까?"

교사는 아이를 더 깊이 이해하고, 부모의 말 뒤에 숨어 있는 불안을 더 정확히 읽어낼 수 있을 것이다. "나는 교사의 지친 마음을 도와줄 수 없을까?"

"지금 다시 공부를 시작해도 될까? 너무 늦은 건 아닐까?"


늦었다는 두려움은 생각보다 무거웠다. 이미 젊은 학생들과 같은 강의실에 앉기에는 부담스러운 나이였다. 낮에는 어린이집을 운영하고 밤에는 학생이 되는 삶은 상상만으로도 숨이 찼다. 무엇보다 나를 가장 힘들게 한 문장은 이것이었다.

"나는 예전 같지 않다. 집중력도, 체력도, 암기력도 젊은 시절과 같지 않다."라는 사실을 알고 있었다. 공부를 다시 시작하면 나의 부족함이 고스란히 드러날 것이다. 기대만큼 해내지 못하면 자신에게 실망할 것이다.

그러나 두려움과 함께 시작하기로 하였다. 관계의 빠른 변화와 미세한 관계는 혼자서는 알아가기가 어려웠기 때문이었다.

유아교육의 이론과 연구, 논문을 읽고 요약정리해서 발표하는 일은 생각보다 어려웠다. 그래도 시작했으니 처음 마음으로 노력하고 견디며 했다. 원장은 다시 학생이 되었다.

마음 깊은 곳에서는 분명한 신호가 울리고 있었다. 지금 멈추면, 나는 더 이상 성장하지 못한다. 더 성장하지 못한다는 것은 두려움보다 컸다. 경험만으로 알 수 없는 것을 알아갈 때 기쁨으로 다가오는 시간이 있었다. 배움의 기쁨이었다. 내가 모르고 있었다는 사실을 인정하는 순간, 나의 배움은 두려움보다 희망의 기대가 내 앞에 있었다.

강의실 문을 열던 날의 기억은 지금도 또렷하다. 강의실 안에는 젊은 교사들의 웃음소리와 빠른 말투가 가득하였다. 나는 잠시 다른 세계에 와 있는 느낌이었다. 나의 옷차림과 나의 걸음도 그 공간에서 가장 눈에 띄는 것처럼 느껴졌다. 강의는 전혀 쉽게 들리지 않았다. 익숙한 현장의 언어가 아니라, 이론과 연구, 논문의 언어가 펼쳐졌다. 애착 이론, 발달심리, 상담 이론, 생태체계이론은 아이와 부모를 이해하는 새로운 창을 열어 주었다. 동시에 나의 한계를 분명히 드러내었다.

낮에는 원장으로서 책임을 다하고 밤에는 학생으로서 과제와 시험을 감당해야 했다. 몸은 점점 피곤하였고, 마음도 자주 흔들리기도 하였다.


2008년 4월, 아이들은 초기 적응이 끝나고 안정을 찾아갈 무렵이었다. 봉고차 운전을 하고 문을 닫다가 오른손 세 번째 손가락이 문틈에 끼어 골절을 입었다. 손톱이 있는 부분이 심하게 다쳤다. 치료받았지만 회복은 더뎠다. 하필이면 그 주 토요일에 대학원 필기시험이 예정되어 있었다.

펜을 잡는 것조차 고통스러웠다. 시험지를 앞에 두고 잠시 눈을 감았다.

　이쯤에서 그만둘까. 단순한 신체적 어려움이 아니었다. 심리적 한계에 부딪힌 지점이었다. 변화의 문턱에 선 사람은 이전의 안전한 자리로 돌아가고 싶어지는 것이 사람이 마음이다. 나 역시 그 유혹 앞에서 잠시 멈춰 서야만 했다.

　나는 무엇을 피하려고 온 것이 아니었다. 관계의 미세한 부분을 배우기 위해 찾아온 것이라는 것을 다시 생각하였다. 다친 손은 아팠지만 나는 펜을 다시 쥐었다. 그리고 다시 중심을 잡고 천천히 투박하게 글을 쓰기 시작하였다.

　그날의 시험은 두려움을 통과하는 연습이었다. 늦었다는 생각과 싸우는 훈련이었다. 나는 점수를 얻기 위해서가 아니라, 나 자신을 포기하지 않기 위해 그 자리를 지키고 있었다.

　배움은 도피가 아니라 회복이었다.

　공부는 강의실에만 머물지 않았다. 나는 배운 이론을 현장에 하나씩 연결하기 시작하였다. 상담 장면에서는 해결책을 서두르기보다 감정을 먼저 반영하였다.


　교사 회의에서는 평가보다 공감의 언어를 사용하고 잘못한 부분을 말하기보다 질문을 하게 되었다.

　"이 부분은 왜 이렇게 했어요?"라고 말하는 대신 "이 상황에서 가장 어려웠던 점은 무엇이었나요?"라고 질문하였다.

이 작은 변화는 교사의 표정을 바꾸어 놓았다. 방어하던 눈빛이 풀어졌고, 언어가 부드러워졌다. 나는 그때 알게 되었다. 배움은 평가하는 것이 아니라 질문하게 되었고, 더 따뜻하게 만들고 있었다.

부모 상담에서도 마찬가지였다. 부모의 민감한 말에도 말속에 숨은 불안감을 읽기 시작하였다. 아이의 행동을 관찰하고 말하지 않는 마음을 보려고 노력하였다.

다시 시작한 배움은 사람을 이해하려는 태도로 바꾸어 놓았다. 무엇보다 큰 변화는 나 자신을 바라보는 시선이었다. 나는 아직 성장 중이라는 사실을 받아들이게 되었다.

원장도 여전히 배우는 사람이고, 배우면 더 도움을 줄 수 있다는 가능성을 받아들였다.

늦었다는 두려움은 완전히 사라지지 않았다. 그러나 이제는 그 두려움과 함께 걷는 법을 알게 되었다. 늦게 시작했기에 더 절실하였다. 더 간절했기에 더 깊이 배우게 되었다. 더 깊이 배우니 더 겸손해졌다.

두려움에서 시작한 늦은 공부는 도피가 아니라, 나를 다시 살아 있게 한 회복의 선택이었다.

# 배움의 자리에서
# 다시 초보가 되다

나는 다시 배움의 자리를 선택하였다.

나는 원장이었고, 현장의 전문가였고, 수많은 부모와 교사를 상담해온 사람이었다. 그런데 교실 안에서는 그 모든 경력이 아무런 보호막이 되어 주지 않았다. 다시 줄을 맞추어 앉아야 했고, 다시 출석을 불러야 했고, 다시 과제를 제출해야 했다. 나는 스스로 물었다. 지금 이 선택이 나를 더 작게 만드는 것은 아닐까. 아니면, 나를 다시 자라게 하는 길일까.

공부를 시작하자마자 가장 버거웠던 것은 체력도, 시간도 아니었다. 진짜 어려움은 잘해야 한다는 압박이었다. 나는 오랫동안 설명하는 사람이었고, 답을 아는 사람이었고, 흔들리지 않는 사람으로 살아왔다. 그런데 배움의 자리에서는 모르는 사람이 되어야 했고, 틀릴 수 있는 사람이 되어야 했다.

대학원 유아교육 수업에서 논문을 요약하여 발표하던 날을 나는 잊지 못한다. 교수님과 동기들 앞에 서자 심장이 빠르게 뛰었다. 준비한 발표문을 펼쳤지만, 글자가 흐릿하게 보였다. 땀이 눈에 들어가 문장이 흔들렸다. 얼굴에서부터 등줄기까지 땀이 흘러내려 속옷이 젖을 정도였다.

입을 열었지만, 말은 엉켰고, 머릿속은 하얗게 비어버렸다. 분명 읽고 또 읽었던 논문이었는데, 자신감이 먼저 사라졌다. 시험 문제지를 보는 순간에도 손이 먼저 굳었다. 문장은 익숙하였으나, 나는 낯설었다.

주변을 둘러보면 동기들은 너무도 자연스럽게 발표를 이어갔다. 질문에도 막힘없이 답하였다. 그럴수록 내 안에서는 이런 질문이 커졌다.

"왜 나만 이렇게 버거울까. 왜 나는 예전처럼 자신 있게 말하지 못하는 걸까."라는 질문은 곧 부끄러움으로 이어졌고, 부끄러움은 자기 비난으로 번졌다. 나는 원장으로서는 능숙하였지만, 학생으로서는 서툴렀다. 두 정체성 사이에서 마음이 흔들렸다.

나의 과제는 분명해졌다. 공부를 계속할 것인가, 아니면 다시 익숙한 자리로 돌아갈 것인가.

이미 충분히 잘 살아왔다는 이유로 성장을 멈출 것인가, 아니면 다시 초보가 되어 나를 넓힐 것인가.

모른다는 사실을 인정하며 초보로 머물다.

불안의 뿌리는 학습 능력의 문제가 아니었다. 문제는 이미 잘해야 한다는 자기 기대에 있었다. 나는 배움의 자리에서 지식을 배우기 전에, 먼저 나 자신을 내려놓는 연습이 필요하였다.

모른다는 사실을 인정하는 일은 생각보다 어려웠다. 질문 하나를 던지기까지 마음속에서는 수많은 망설임이 오갔다.

'원장으로서 이런 걸 모른다고 하면 너무 부끄러운 일이 아닐까?'라는 생각을 계속하게 되었다. 그러기에 나는 무엇을 배워도 대충 넘기는 선택을 하지 않았다. 이해되지 않는 문장은 몇 번이고 다시 읽었다. 발표 원고는 밤늦도록 고쳐 썼다. 낮에는 어린이집에서 책임을 다하고, 저녁이 되면 학생으로 돌아가 강의실에 앉았다. 몸은 지쳐 있었지만, 마음만큼은 쉽게 접히지 않았다.

시간이 부족해 집안일을 제대로 하지 못하는 날도 많았다. 남편은 "왜 인제 와서 공부를 다시 하느냐"고 투덜거리기도 하였다. 말속에는 서운함과 걱정이 함께 담겨 있었다. 나는 그 마음을 이해하면서도, 동시에 물러설 수 없었다. 이번 선택은 나를 위한 것이었고, 동시에 현장을 위한 것이었기 때문이다.

그만두고 싶었던 날도 많았다. 발표를 서툴게 하고 돌아오는 길에, 내가 왜 이런 고생을 하나라는 생각이 스쳤다. 경험은 많았지만 굳이 다시 작아질 필요가 있을까 싶었다. 그럴 때마다 나를 붙잡아 준 것은 아주 사소한 장면들이었다.

2008년 10월의 어느 늦은 밤이었다. 아이들은 방에서 공부하고 있었고, 나는 식탁에 앉아 과제를 하고 있었다. 아들 둘은 교과서를 보고, 나는 논문을 읽고 있었다. 말없이 각자의 책을 펼쳐 든 채 같은 시간 속에 머물고 있었다.

그 순간 문득 이런 생각이 들었다.

'지금 나는 아들에게 공부하라고 말하는 엄마가 아니라, 함께 배우는 어른이구나.'라는 그 깨달음은 깊은 위로가 되었다. 말로 가르치지 않아도, 삶으로 보여주는 배움이 있다는 사실을 그때 처음으로 실감하였다. 나는 아들에게 "공부해라"라고 말하기보다, 책상 앞에 앉아 있는 나의 등을 보여주고 있었다. 그날 이후 공부는 부담이 아니라 다짐이 되었다. 누군가에게 완벽한 어른으로 보이기 위해 공부하는 것이 아니었다. 성장하는 어른으로 남기 위해 공부하고 있었다.

배움의 자리에서 다시 초보가 되면서, 나는 겸손을 배웠다. 모른다는 사실을 숨기지 않는 용기를 배웠고, 틀릴 수 있다는 여유를 배웠으며, 늦어도 괜찮다는 확신을 배웠다.

배움은 나를 증명하기 위한 도구가 아니었다. 그것은 누군가의 마음에 닿기 위한 언어가 되기 시작하였다. 상담 장면에서 나는 더 빨리 답을 주는 사람이 아니라, 더 오래 머무는 사람이 되었다. 부모의 질문 앞에서 조급해지지 않았고, 교사의 고민 앞에서 쉽게 판단하지 않게 되었다. "왜 그렇게 했어요?"라는 말 대신 "그 상황이 매우 힘들었겠어요."라고 먼저 말하게 되었다.

배움은 나의 지도력을 바꾸었다. 이전에는 해결을 서두르는 사람이었다면, 이제는 과정을 함께 견디는 사람이 되었다. 관계의 결이 부드러워졌고, 나의 언어는 조금 더 따뜻해졌다.

돌아보면 늦은 공부는 나를 더 넓게 만들었다. 초보로 시작했기에 더 겸손한 마음으로 할 수 있었고, 늦게 시작했기에 더 절실하였다. 절실함은 나를 쉽게 포기하지 않게 하였다.

배움은 나에게 질문을 했다.

"지금도 성장하고 싶은가. 지금도 누군가에게 도움이 되고 싶은가."

나는 누군가에게 도움이 되는 어른으로 살고 싶었다. 그래서 다시 초보가 되기를 선택하였다. 그 선택은 나를 다시 살렸다. 흔들리는 자존감을 붙들어 주었고, 멈춰 있던 마음을 다시 움직이게 하였다.

늦었다는 두려움은 여전히 완전히 사라지지 않았지만 두려움이 있다고 해서 멈추지 않아도 되었다. 초보로 머무는 시간이 부끄러운 시간이 아니라 성장의 시간이었다.

나는 다시 책상 앞에 앉은 그 날의 나를 떠올린다. 떨리는 손으로 노트를 펼치던 중년의 학생. 그 선택이 있었기에 지금의 내가 있다. 그 선택이 나를 더 겸손하게 만들었고, 더 깊게 만들었고, 더 단단하게 만들었다.


다시 초보가 되기로 한 용기가, 나를 성숙한 어른으로 성장시켰다.

# 3

# 마음을 배우며
# 나를 이해하다

공부의 이유는 언제나 현재에서만 시작되지 않는다.

내가 다시 배움을 선택한 이유 역시 지금의 필요 때문만은 아니었다. 오래전, 말로 표현하지 못한 채 마음속에 남아 있던 결핍에서 비롯되었다. 나는 시골에서 자랐다. 어린 시절의 배움은 노력이나 의지의 문제가 아니었다. 더 배우고 싶다는 마음을 꺼내 말할 수 있는 분위기도 허락되지 않았다. 집안 형편과 주변의 시선은 늘 나보다 먼저 결정을 내렸고, 나는 그 결정에 익숙하게 순응하는 아이였다.

결혼 후 바로 공부를 시작한 적이 있었다. 생각했던 것보다 공부를 한다는 것이 환경적으로 어려웠다. 환경에 밀려 배움은 늘 미뤄졌고, 선택되지 못한 마음은 조용히 접혔다. 그렇게 배우고 싶다는 마음은 밖으로 나가지 못한 채 내 안에 남았고, 배움은 감정을 갈증 속에서 차곡차곡 쌓여 갔다. 배움의 갈급함은 사라지지 않았다. 다만 이름 없이 잠들어 있었을 뿐이다.

준비되지 않았던 환경에서 엄마가 되었다. 그리고 삶이 흘러서 어린이집 원장이 되었다. 하루하루를 어린이집 책임자로 살아가는 사람이 되었다. 아이들의 하루를 설계하고, 교사의 삶을 조율하고, 부모의 불안을 받아 내며 살아가는 동안, 겉으로 보기에 나는 잘 해내고 있는 사람처럼 생각되었다. 마음 한편에는 늘 같은 질문이 남아 있었다.

"나는 아직도 배우고 싶은 사람일까."

부모를 상담할 때, 교사를 위로할 때, 아이의 행동 뒤에 숨은 마음을 이해하려 애쓸 때마다 질문은 다시 고개를 들었다. 경험이 있어도 경험만으로는 다 설명되지 않는 감정들이 분명히 존재했다. 어떤 부모는 분명 아이를 사랑하고 있었지만, 사랑이 불안으로 표현되고 있었다. 어떤 교사는 누구보다 성실했지만, 이유 없는 무력감에 잠겨 있었다. 나는 더 알고 싶었다. 더 잘 이해하고 싶었다. 욕구는 전문성의 욕심이라기보다, 관계 앞에서의 진심에 가까웠다. 늦은 공부는 그래서 지금의 나를 위한 선택이자, 어린 시절의 나에게 건네는 손길이었다. 그때 배우지 못했던 아이에게, 이제라도 괜찮다고 말해 주고 싶었다. 배움의 문을 다시 두드리며 나는 비로소 깨달았다. 내가 찾고 있던 것은 '지식'이 아니라, 나 자신을 이해할 수 있는 언어였다.

마음을 배우는 일은 결국 나 자신을 마주하는 일이었다.

공부를 시작한 뒤의 삶은 솔직히 벅찼다. 어린이집 운영만으로도 하루가 빠듯한데, 공부까지 더해지니 시간은 늘 부족했고 잠은 늘 모자랐다. 새벽까지 자료를 읽고 과제를 정리한 뒤, 아침이면 다시 현장으로 나가야 했다. 몸은 지쳐 있었고, 마음에는 여유가 없을 때도 많았다. 그런데 이상하게도, 그렇게 힘든 시간 속에서 나는 점점 내 마음을 들여다보게 되었다.

상담심리, 감정 이론, 기질과 관계를 배우며 가장 먼저 이해하게 된 것은 타인의 마음이 아니라 나 자신의 마음이었다. 왜 나는 늘 잘하려고 애썼는지, 왜 작은 실수에도 나를 심하게 몰아붙였는지, 왜 언제나 '괜찮은 어른'이어야 한다고 믿어왔는지 알고 싶었다. 정서 조절 이론에서는 어린 시절 충분히 다뤄지지 못한 감정이 성인이 된 이후 강한 자기비판이나 과도한 책임감으로 나타난다고 설명한다. 나는 한동안 책장을 넘기지 못했다. 그 설명은 이론이 아니라 내 삶처럼 느껴졌기 때문이다. 질문의 끝에는 늘 어린 시절의 내가 있었다. 충분히 이해받지 못했던 아이, 잘하고 싶었지만 표현할 수 없었던 아이였다.

마음공부는 나를 평가하지 않았다.

잘했다고 칭찬하지도, 부족하다고 다그치지도 않았다. 그저 조용히 이렇게 말해 주는 것 같았다.

"그동안 많이 애썼구나."라고 자기연민 이론에서 말하는 자기 이해란, 나를 불쌍히 여기는 것이 아니라 자신의 어려움을 있는 그대로 인정하는 태도라고 한다. 나는 그 문장 앞에서 오래 머물렀다. 그동안 나는 늘 나를 단련해야 할 대상으로만 여겨왔지, 이해의 대상으로 바라본 적은 거의 없었다. 처음으로 나는 나 자신에게 질문했다.

‘나는 그때 왜 그렇게 밖에 이해할 수 없었을까.’

잘 해내지 못했던 순간들, 부족했던 선택들, 흔들렸던 마음까지도 ‘그럴 수 있었다’고 받아들이게 되자, 내 안의 긴장이 조금씩 풀리기 시작했다. 나를 몰아붙이던 목소리가 낮아졌고, 대신 나를 지켜보는 눈이 생겼다. 배움은 나를 더 뛰어난 사람으로 만들지 않았지만, 더 정직한 사람으로 만들었다.

공부와 일을 병행하는 시간 속에서 관계 역시 함께 흔들렸다.

견디는 시간은 길었고, 과정은 무거웠다. ‘최선을 다한다.’라는 말이 변명처럼 들리지 않도록, 정말로 최선을 다하려 애썼다.

그만큼 가족에게는 여유를 덜 내어주게 되었다. 집안일은 뒤로 밀렸고, 피곤이 쌓인 날에는 말이 날카로워질 때도 있었다. 처음에 남편은 투덜거렸다. “왜 이렇게까지 해야 하느냐”는 말속에는 서운함과 걱정이 함께 섞여 있었다. 나는 완벽한 엄마가 아니었다. 늘 바빴고, 여유가 없었고, 감정 표현에도 서툴렀다. 많이 부족한 엄마였다. 마음을 배우며 알게 된 가장 중요한 사실은 이것이었다. 사랑은 완벽함에서 오는 것이 아니라, 이해하려는 태도에서 시작된다는 것. 나 자신을 이해하지 못한 채 누군가를 온전히 품을 수는 없었다. 나를 몰아세우던 방식으로는 아이도, 가족도 오래 안아 줄 수 없었다.

  마음공부는 나의 상담 태도와 지도력도 바꾸어 놓았다.

  부모의 질문 앞에서 더 조심스러워졌고, 교사의 고민 앞에서 더 오래 머물 수 있게 되었다. 문제를 해결하려 서두르기보다, 감정을 먼저 이해하려는 여유가 생겼다. 예전에는 '그래도 해야죠.'라고 말했을 장면에서, 이제는 '그 마음이 얼마나 무거울지 느껴집니다.'라고 말하게 되었다. 차이가 관계 온도를 바꾸었다. 늦은 공부는 나를 성공으로 데려다 준 길이 아니었다. 나를 나에게로 데려온 길이었다. 어린 시절의 결핍을 외면하지 않고, 그 마음을 다시 불러 안아 주는 과정이었다. 나는 이제 안다. 그때 배우지 못했던 나는 부족한 아이가 아니라, 기회를 기다리던 아이였다. 준비되지 않았던 것이 아니라, 환경이 허락하지 않았을 뿐이었다. 지금도 나는 여전히 배우는 중이다. 마음을 배우고, 관계를 배우고, 나 자신을 이해하는 법을 배우며 살아간다. 그 배움은 시험 점수로 남지 않지만, 오늘의 나의 태도가 된다. 부모 앞에서 말 한마디가 되고, 교사를 바라보는 눈빛이 되고, 아이를 기다려주는 숨이 된다.

  늦게 시작한 배움은 부끄러운 선택이 아니다.

  배움은 오래 미뤄두었던 마음을 돌보는 용기이다. 자신을 이해하는 사람만이, 다른 사람의 마음 앞에서도 따뜻해질 수 있다.

4

# 상담심리가 가르쳐준
# 감정의 언어

2025년 7월 어린이집 복도에 아이의 울음소리가 크게 울려 퍼졌다. 하루 일 중 가장 조용해야 할 시간, 아이들이 낮잠을 준비하며 몸과 마음의 휴식하는 시간이었다. 햇살은 교실 창을 따라 부드럽게 내려앉고 있었고, 교실 안은 막 뛰어논 아이들의 낮잠이 이어지는 평온한 분위기였다.

그런데 그 평온을 가르는 울음은 내 발걸음을 멈추게 했다. 울음은 단순한 소리가 아니었다. 그것은 질문이었다.

'이 아이는 지금 무엇을 말하고 있을까.' 예전의 나는 울음 앞에서 빠르게 해결책을 찾는 원장이었다.

"어떻게 하면 빨리 잠들게 할까. 왜 또 낮잠 시간마다 이럴까."라는 울음은 정리해야 할 상황이었고, 교실의 질서를 회복해야 할 문제였다. 울음이 길어질수록 교사는 조급해지고, 나는 관리자처럼 판단했다.

그러나 상담심리를 공부한 이후, 나는 그 소리 앞에서 멈추는 법을 배웠다. 울음을 멈추게 해야 할 대상으로 보지 않고, 감정의 언어로 읽어 내기로 한 것이다. 그날의 울음은 나에게 다시 한번 물었다.

'당신은 지금 이 아이의 마음을 듣고 있는가.'

아이의 하루를 살펴보았다. 오전에는 초청 인형극을 즐겁게 보았고, 바깥 놀이터에서 또래들과 신나게 뛰어놀았다. 점심도 무리 없이 먹었다. 겉으로 보기에는 특별히 문제가 없어 보였다.

다만 점심 식사 시간에 담임교사가 말했다.

"원장님, 오늘은 우성이가 점심시간에 졸린 표정이었어요."라는 말을 듣게 되었다. 우성이는 낮잠 시간에 유독 민감해지는 날이 있었다. 예전 같았으면 '낮잠 습관이 필요해요.'라고 이야기 했을 것이다.

그러나 상담심리를 배우며 내가 가장 먼저 내려놓은 태도는 '빨리 해결해야 한다.'라는 조급함이었다.

0~2세 영아에게 울음은 아직 문장으로 다듬어지지 않은 마음의 언어다. 말로 설명할 수 없기에 몸과 소리로 표현한다. 졸림, 배고픔, 피로, 과도한 자극, 분리불안이 한꺼번에 밀려올 때 아이는 그것을 '울음'이라는 하나의 통로로 내보낸다.

울음을 문제 행동으로 규정하는 순간, 우리는 아이의 내면을 이해할 기회를 닫아버린다. 감정 조절 이전에 필요한 것은 통제가 아니라 애착과 이해다. 이 시기는 감정 발달과 애착 형성이 동시에 이루어지는 결정적 시기이기 때문이다.

그날의 아이는 역시 신나게 놀고 난 뒤 갑작스럽게 졸음이 밀려온 상태였다. 자극이 많았던 오전 활동은 아이의 신경계를 자극했을 것이다. 아이는 '쉬고 싶다'라는 신호를 보내고 있었고, 그 신호가 짜증 섞인 울음으로 표현된 것이었다.

나는 교사와 눈을 맞추고 고개를 끄덕였다. 낮잠 시간의 환경부터 조정했다. 불빛을 조금 낮추고, 교사의 목소리도 한 톤 낮췄다. 교실의 공기가 부드럽게 가라앉았다.

아이 곁에 다가가 무릎을 맞추고 앉았다.

"우성아, 많이 피곤했구나. 지금 누워서 쉬고 싶니?"라는 말은 지시가 아니라 부드러운 공감의 말이었다. 아이는 잠시 울음을 멈추고 나를 바라보았다. 그 눈빛에는 알아주었다는 안도가 담겨 있었다. 울음은 서서히 잦아들었고, 아이는 교사의 품에 안겨 이불 속으로 들어갔다. 토닥이는 손길 속에서 아이의 호흡은 점점 고르게 변했다.

상담심리를 배우며 나는 감정지도(emotion coaching)의 세 가지 원칙을 현장에 적용하기 시작했다.

첫째, 감정을 먼저 인정한다. "속상했구나. 졸렸구나."

둘째, 감정과 행동을 분리한다. 감정은 존중하되, 행동은 조절한다.

"울고 싶은 마음은 이해해. 그런데 친구들이 자고 있어. 우성이도 잘까?"

셋째, 예측할 수 있는 전환을 돕는다. "이제 이불 덮고, 선생님이 토닥토닥 해 줄까?"라는 이 과정에서 가장 중요한 것은 기술이 아니라 교사의 태도였다. 교사의 안정된 표정과 낮은 목소리는 아이에게 가장 강력한 안전 신호가 된다. 아이는 교사의 신경계를 빌려 자신의 감정을 조절한다.

감정은 전염된다. 불안한 교사 옆에서 아이는 더 불안해지고, 안정된 교사 옆에서 아이는 천천히 가라앉는다. 나는 이 단순한 원리를 공부를 통해 비로소 이해했다.

그 깨달음은 아이에게서만 멈추지 않았다. 부모 상담에서도 나는 달라졌다. 예전에는 문제 해결 중심으로 대화를 이끌었다.

"집에서는 어떻게 하셨나요? 이렇게 지도해 보세요."라고 먼저 감정을 반영했다.

"그만큼 걱정되시는 마음이 느껴집니다. 매우 속상했겠어요."라고 말하고 부모의 표정이 부드러워지는 순간을 여러 번 보았다. 방어가 내려가고, 눈빛이 촉촉해지는 장면을 목격했다. 이해받는 경험은 사람을 열어준다.

교사와의 대화도 달라졌다.

"그동안 얼마나 애쓰셨는지 보여요."라는 문장을 먼저 건넸다. 감정을 언어로 반영하는 순간, 대화의 방향은 달라졌다. 갈등은 줄어들고 신뢰는 조금씩 자리를 잡았다.

나는 깨달았다. 감정은 문제의 원인이 아니라 이해의 출발점이라는 것을. 아이의 울음도, 부모의 불안도, 교사의 서운함도 모두 의미 있는 신호였다. 감정을 억누를 때 관계는 금이 가지만, 감정을 존중하며 언어로 풀어낼 때 관계는 단단해진다.

상담심리를 공부한 시간은 단순한 지식 습득이 아니었다. 그것은 나 자신의 감정을 돌아보는 여정이기도 했다. 나는 얼마나 오랫동안 괜찮은 척하며 살아왔던가. 원장이라는 이름 뒤에 숨겨둔 두려움, 엄마라는 역할 안에서 삼켜버린 서운함을 나는 제대로 언어로 표현해 본 적이 있었던가.

아이의 울음을 이해하려 애쓰는 과정에서, 나는 내 안의 울음도 마주하게 되었다.


잘 말하는 법을 배우기 전에, 잘 들으려는 마음을 갖는 것이 더 중요하다는 것을 배우게 되었다. 상담심리와 감정의 언어는 기술이 아니라 태도였다.

문제를 빨리 해결하려는 조급함 대신, 마음을 이해하려는 여유가 필요했고, 통제하려는 힘 대신, 공감하려는 시선이 필요했다.

그 변화는 어린이집을 바꾸었고, 관계를 바꾸었으며, 무엇보다 나를 다시 살렸다.

울음 앞에서 서성이는 시간은 여전히 쉽지 않다. 그러나 나는 이제 안다. 울음이 멈추는 순간보다, 그 울음이 이해받는 순간이 더 중요하다.

이해의 언어를 배우는 일은 아이를 성장시키고, 어른을 성숙하게 만든다. 그리고 나에게는 그것이 늦은 공부를 선택한 분명한 이유였다.

배움은 관계를 회복하는 길이었고, 자신을 회복하는 길이었다.

# 5

# 긍정은 기술이 아니라
# 훈련이었다

긍정은 늘 좋은 말처럼 들렸다. 밝은 표정, 힘이 되는 한마디, "괜찮아"라는 위로. 나는 오랫동안 그것이 긍정이라고 믿어왔다. 어린이집 현장에서도, 가정에서도 긍정은 당연히 필요한 덕목이었다.

그런데 어느 순간부터 의문이 생겼다. 왜 우리는 이렇게 긍정을 말하는데, 아이들의 얼굴은 편안해지지 않을까. 어린이집 교실에서 특히 어려웠던 아이들은 흔히 말하는 '까다로운 아이'와 '느린 아이'였다. 까다로운 아이는 감각이 예민했다. 작은 소리에도 깜짝 놀랐고, 낯선 촉감과 빛에 쉽게 불안을 느꼈다. 느린 아이는 처리 속도가 달랐다. 어른의 기대만큼 빠르게 움직이지 못했을 뿐, 의지가 부족한 아이는 아니었다. 그런데도 현장에서는 이런 말이 자주 오갔다.

"조금만 기다려 줘. 금방 괜찮아 질 거야. 친구도 하네. 같이 해 볼까?"라는 말들이 아이에게 위로하는 긍정의 언어라고 믿었다. 그러나 아이들의 표정은 밝지 않았다. 긍정이 아이를 편안하게 느끼지 못하면 교실의 기분 온도는 낮아진다.

'우리는 긍정이라는 이름으로 아이들과 돌봄을 하고 놀이를 하는데 아이는 즐거워 하지 않는가?'

아이에게 "괜찮다"라고 말하면서, 정작 괜찮지 않은 환경을 그대로 두고 있지는 않았는지 돌아보았다. 긍정은 밝은 말과 태도로 하는 것은 충분할까. 아니면 아이의 불안을 줄이는 실제적인 선택이 필요한 것일까.

특히 까다로운 아이와 느린 아이를 대할 때 교사들의 부담도 커지고 있었다. 재촉은 갈등을 키웠고, 반복되는 어려움은 아이의 자존감을 조금씩 내렸다.

나는 위기 앞에 서 있었다. 아이들의 놀이와 활동을 진짜놀이로 바꾸고 교사의 태도와 환경을 바꿔 긍정을 다시 정의해야 했다.

까다로운 아이에게는 새로운 활동을 시작하기 전에 미리 안내하고 예고해 주기로 하였다.

"이제 5분 뒤에 정리하고 다른 놀이를 할 거예요."라는 문장은 아이의 불안을 절반 이상 줄여주었다. 예측 가능성은 안정감을 만들었다. 나는 교실 환경을 점검했다. 소음이 적은 공간을 마련했고, 익숙한 교구부터 제공했다. 가능한 한 선택권을 주었다.

"이 블록부터 할래, 아니면 그림부터 할래?" 까다로운 아이는 통제당

 

할 때가 아니라, 선택할 수 있을 때 가장 빛났다. 안정감을 느낄 때 그 아이는 누구보다 집중력이 높았고, 세밀한 관찰력을 보여주었다.

긍정은 아이에게 요구하는 태도가 아니라, 어른이 먼저 준비해야 할 환경이라는 것을 그 순간 나는 깨달았다.

느린 아이를 지도할 때 나는 '기다림'을 훈련하기로 했다. 느린 아이에게 긍정은 화려한 칭찬이 아니었다. 기다려주는 태도였다. 아이들을 재촉하지 않았다. 결과보다 과정을 인정했다.

"천천히 해도 괜찮아 기다려 줄게. 끝까지 해 보려고 애쓴 게 보여." 라는 말을 해 주자 기다림 속에서 아이는 자기 리듬을 지켰다. 성장은 느렸지만 단단했다. 서두르지 않은 아이는 스스로 해냈다는 감각을 더 오래 기억했다.

긍정은 교실의 규칙을 바꾸는 일이 아니라, 교사의 태도를 바꾸는 일이었다. 아이를 바꾸려 애쓸수록 갈등은 커졌고, 환경을 바꾸자 아이는 달라졌다.

이 훈련은 교실을 넘어 가정의 나를 돌아보게 했다.


남편과 말다툼하던 날이었다. 감정이 격해져 목소리가 커졌던 순간, 네 살짜리 둘째 아들 호민이가 내 등 뒤로 조용히 다가와 말했다.

"엄마, 내가 커서 잘할게. 엄마가 참아."

그 한마디는 내 마음을 깊이 흔들었다.

"호민이의 마음이 얼마나 불안했으면 어린아이가 그렇게 말했을까?"
순간 얼굴이 화끈거렸다. 부모가 다툴 때 목소리가 커지면 아이들의 불
안이 커진다. 부모는 아이에게 옳고 바른 것을 가르쳐 주고 싶어 한다.
그러나 정작 부모는 아이에게 안전한 정서 환경을 지켜 주지 못하고 있
었다.

그날 이후 나는 아이들 앞에서 말다툼하지 않겠다고 다짐했다. 아이
에게도 어른에게도 긍정적인 말을 더 많이 하려고 노력하였다. 그리고
나는 긍정적인 생각과 실천하려고 일상 훈련을 반복했다.

교실에서는 다름을 인정하고 다양한 경험 놀이가 이어졌다. 같은 교
구로 다른 놀이를 하거나, 같은 블록으로 각자 다른 구조물 만들기를
한다. 누가 더 빨리, 더 크게가 아니라, 어떻게 다른 부분을 찾을 수 있
는 시간이었다.

아이들의 존중 놀이에서는 빨리 끝낸 아이도 있고, 천천히 끝낸 아이
도 모두 박수 받았다.

"오늘은 어떤 기분이야?"라고 물어보면, 아이가 자기감정을 말로 표
현하도록 감정 이름 붙이기 게임도 해 보았다.

긍정과 정서에 대한 활동이 반복될수록 교실의 공기는 부드럽게 달
라졌다. 아이들은 서로를 비교하지 않았고, 자신을 부끄러워하지 않았
다. 교사는 재촉하는 대신 기다리는 법을 배웠다. 부모의 표정도 조금
씩 부드러워졌다.

　　　　　　　　　　　　　　　　　　　　　

긍정은 하루아침에 생기지 않았다. 작은 선택들이 쌓이며 서서히 현장을 바꾸었다.

돌아보면 긍정은 결심으로 유지되지 않았다. 아이의 기질을 이해하고, 환경을 조정하고, 갈등 앞에서 멈추는 선택을 반복하며 몸에 익힌 태도였다.

이 훈련은 나를 더 참는 사람이 아니라, 더 이해하는 어른으로 만들었다.

아이들은 어른의 말을 배우기보다, 어른의 태도를 배운다. 내 등 뒤에서 들려온 호민이의 목소리는 지금도 나의 기준이 된다. 아이 앞에서의 나의 선택이 곧 아이의 세상이 된다는 사실을 잊지 않기 위해서다.


긍정은 밝게 웃는 얼굴이 아니다. 아이의 기질을 존중하고, 다름을 인정하며, 안전한 환경을 지켜 주는 꾸준한 훈련이다. 긍정은 배우고 반복하는 태도이며, 아이를 바꾸려는 조급함을 내려놓는다. 환경을 조정하고, 기다림을 선택하는 용기이다.

긍정은 말의 기술이 아니라 관계의 태도라는 것을 늦은 공부를 통해 나는 알게 되었다. 아이의 기질을 이해할 때 우리는 아이를 통제하려 하지 않고, 아이가 이야기할 때까지 기다려주면 된다.

그 훈련 속에서 아이는 안전해지고, 어른은 단단해진다.

배움은 나를 바꾸었고, 나의 태도는 교실을 바꾸었다. 긍정은 그렇게 조용하고 깊게 현장을 바꾸어 갔다.

# 6

# 놀이는 교사도 살린다

아이의 놀이를 가장 가까이에서 지켜보던 시간이었다.

진짜 놀이는 관찰에서 시작된다는 사실을 나는 매일의 일상에서 배워왔다. 2025년 4월 오전, 어린이집에서 간식을 먹고 난 뒤 날씨가 좋은 날이면 아이들은 자연스럽게 놀이터로 향하거나 산책을 나선다. 이 시간은 하루 중 아이들이 가장 '아이답게' 살아나는 순간이다. 아이들은 뛰다가 멈추고, 다시 달리고, 같은 행동을 몇 번이고 반복한다. 교사의 눈에는 별 의미 없어 보일 수 있는 이 반복 속에 아이만의 세계가 있다.

나는 텃밭 앞 놀이터에서 활동하는 아이들을 자주 관찰했다. 상추와 고추, 가지와 딸기 화분에 물을 주는 아이들의 얼굴은 언제나 진지했다. 물을 얼마나 줘야 하는지, 잎에 닿으면 안 되는지, 흙이 충분히 젖었는지를 손으로 만져보며 확인했다. 누가 가르치지 않아도 아이들은 스스로 만지고 살피며 배웠다. 풀잎 하나와도 관계를 맺는 법을 아이들은 이미 알고 있었다. 그 순간 어른의 역할은 가르치는 사람이 아니라, 지켜보는 사람이었다.

"은영이가 조심스럽게 물을 주고 있구나."라는 관찰 언어는 아이를 있는 그대로 존중한다. 점심을 먹은 뒤 어떤 아이는 특별활동에 몰입했고, 어떤 아이는 조용히 쉬거나 낮잠을 선택했다. 모두가 같은 활동을 하지 않아도 괜찮았다. 진짜 놀이는 모두가 같은 속도로 움직이는 것이 아니라, 각자의 리듬이 존중받는 데서 시작되기 때문이다.


아이의 놀이를 살리려다 교사의 놀이가 사라진 순간이다.

문제는 아이의 놀이가 아니라, 교사의 건강상태였다. 교사가 지쳐 있을수록 아이의 놀이는 통제하게 된다. 결과를 서두르지 않고 과정을 집중해서 함께 놀이하는 것이 필요하다. 아이들의 놀이가 길어지면 집중력이 길어지고 아이가 반복해서 놀이하면 자신감이 생긴다. 아이들의 놀이 속에서 교사도 함께 하나가 되어 즐거움과 기쁨을 느낀다면 놀이의 효과는 배가 된다.

나는 어린이집이 안전한 공간이 되기 위해 안전과 위생을 중요하게 여겨왔다. 아이들에게 어떤 놀이를 하고 싶은지 예측하고 활동하는 것은 아이들의 마음을 안정시킨다. 그리고 놀이가 끝나면 정리 정돈을 하고 손을 씻는다는 규칙을 알면 불안감이 줄어든다.

아이의 놀이가 활발하게 이루어지려면 교사가 먼저 놀이를 즐길 수 있어야 한다. 놀이가 즐겁고 재미있는 활동이 되려면 교사가 놀이에 대한 긍정적으로 적극적인 활동이 필요하다. 놀이는 아이와 함께 어른도 즐거운 놀이시간이 되는 것이 중요하다.

교사의 놀이태도도 일상에서 시작한다.

교사에게도 놀이가 필요하다. 아이와 교사를 위한 독서 모임, 달리기와 걷기, 조용히 책을 읽는 시간. 겉으로 보면 놀이와는 거리가 있어 보이는 활동이다. 이 활동은 교사가 동심으로 돌아가 아이처럼 함께 놀이하다 보면 책 읽는 습관과 운동하는 습관을 갖게 된다. 교사에게 진짜 놀이는 특별한 이벤트가 아니라, 평가받지 않아도 되는 자유로운 시간이다.

2025년 5월, 가정의 달을 맞아 준비한 어린이날 뮤지컬〈공룡 발자국〉 행사에서 나는 관객이 아니라 무대 위에 섰다. 뮤지컬 공룡 발자국 공연에서 뮤지컬 팀 한 사람이 갑자기 일이 있어서 참석하지 못했다. 나는 뮤지컬 팀의 한 사람으로 공연하였다. 대사는 완벽하지 않았고, 동작은 어색했다. 잠시 연습했지만 준비한 대로 말이 나오지 않았다. 그런데도 아이들은 원장 선생님 공룡이 나왔다고 환호성을 지르고 있었다.

그 순간 아이들이 원하는 것은 완벽한 원장은 아니었다. 함께 놀아주고, 함께 호흡하는 원장이었다. 조금 서툴러도, 실수해도 괜찮았다. 아이들은 잘함에 반응하지 않았다. 함께함에 환호했다.

나는 교사의 놀이를 다시 정의했다. 결과를 남기지 않아도 되는 걷기, 평가받지 않는 글쓰기, 잘해야 한다는 부담 없는 독서, 목적 없는 대화가 교사의 놀이다. 누구에게 증명하지 않아도 되는 휴식과 무료하게 보일지 모르지만, 천천히 걷는 모습도 교사에게 있어서는 마음을 살리는 놀이였다.

교사의 놀이가 살아나야 아이의 놀이도 살아났다.

교사가 숨을 고르자, 아이의 놀이가 달라졌다. 마음에 여유가 생긴 교사가 아이의 놀이를 방해하지 않았다. 기다릴 줄 알게 되었고, 믿을 줄 알게 되었으며, 지켜볼 줄 알게 되었다. 아이를 바꾸려 하지 않고, 아이가 스스로 선택할 수 있는 시간을 허락하게 되었다.

어린이집의 일상은 비슷하게 보일 수 있다. 자유 놀이, 산책, 간식, 바깥 놀이, 점심, 특별활동, 휴식, 낮잠, 오후 간식, 자유 활동. 이 반복 속에서 아이는 자라고, 교사는 단단해진다. 진짜 놀이는 특별한 프로그램이 아니다. 존중받는 감정, 안전한 루틴, 관찰의 시선을 함께하는 교사를 만날 때 놀이가 된다.

돌아보면, 내가 늦은 공부를 통해 가장 크게 배운 것은 놀이의 회복이었다. 아이에게 놀이가 필요하듯, 어른에게도 놀이가 필요하다. 놀이는 쉬는 시간이 아니라, 다시 살아나는 시간이었다. 진짜 놀이는 아이만을 위한 것이 아니다. 아이를 살리는 놀이는 결국 어른도 살린다.

어른이 자기 삶의 리듬을 회복할 때, 아이는 안전해진다. 어른이 숨을 고를 수 있을 때, 아이는 마음껏 뛰어놀 수 있다. 당신은 지금도 반복되는 일상에서 아이와 함께 걷고, 웃고, 지켜보고 있다. 그 자체로 이미 놀이의 한가운데에 서 있다.

진짜 놀이는 멀리 있지 않다. 오늘도 아이 옆에 앉아 고개를 끄덕이며 말하는 그 한마디에서 시작된다.

"아, 그렇구나." 그 순간, 아이도 교사도 함께 살아난다.

아이를 살리는 놀이는, 교사가 먼저 숨을 쉬게 하는 놀이에서 시작된다.

# 7

# 배움은 삶을
# 해석하는 힘이었다

일과 가정, 그리고 어린이집 운영으로 하루는 늘 빠듯했다.

아침부터 저녁까지 이어지는 일정 속에서 배움은 이미 내 삶에서 큰 몫을 차지한 뒤였다. 더 이상 무엇을 배워야 할지, 또 무엇을 배울 수 있을지 선명하지 않은 지점도 있었다. 마음 한편에서는 이런 생각이 스쳤다. 이제 공부는 충분하지 않을까. 상담 코치 자격증도 취득했다. 그리고 부부 상담, 분노 조절, 감정코치, 부모코치 자격증을 취득하였다. 부모, 교사의 상담에서 미세하게 다른 점을 발견했기 때문에 심리상담 공부를 하고 상담코치로 교사와 부모에게 나눔이 될 수 있을 것 같아서 시작하였다. 나름의 기준과 방식도 자리 잡은 듯 보였지만 삶은 언제나 대답보다 질문을 먼저 던졌다.

아이들은 매일 달라졌고, 부모의 고민은 점점 더 깊어졌다. 교사들의 얼굴에는 말로 다 표현되지 않는 피로감이 있었다. 나는 원장으로서 수

없이 많은 결정을 내려야 했고, 그 결정 앞에서 확신보다 망설임이 먼저 오는 날이 있었다. 그럴 때마다 마음 한편에서 아주 작은 목소리가 들려왔다.

"더 배워서 도움을 주면 좋지 않을까?"

배움은 무엇을 더 잘하는 그것보다 삶을 이해하기 위한 도구이다. 배움은 지식을 넘어 삶의 태도가 되기 시작했다. 교육대학원을 마친 뒤에도 배움은 멈추지 않았다.

기질과 인성 교육을 배우며 나는 아이의 문제 행동을 보는 존재가 아니라, 타고난 기질을 가진 존재로 보게 되었다. 이전에는 지도하고 교정하려 애썼다면, 이제는 이해하고 재해석하려 노력하게 되었다. 아이의 행동 하나에도 이유가 있고, 그 이유는 아이의 성격이 아니라 환경과 관계 속에서 만들어진다는 사실을 배움은 차분히 알려주었다.

코로나 시기는 모두에게 멈춤의 시간처럼 보였다. 그러나 나에게 코로나 시기는 오히려 배움이 확장된 시간이었다. 대면으로는 교육을 받을 수 없었지만 줌을 통해서 원장 연수, 교사 연수, 부모 교육은 화면 너머에서 이어졌다. 줌 화면 속에서 강사와 동료들의 얼굴을 마주하며 배우고 나누었다.

배움은 공간을 가리지 않는다. 몸은 멀리 떨어져 있어도 질문은 이어졌고, 성찰은 멈추지 않았다. 에니어그램과 부모 상담 심리코치 자격 과정은 나에게 특별한 전환점이 되었다.

심리 코치수업은 다른 지역에 있는 원장과 얼굴을 마주하고 토론하며 상담 실습을 했다. 수업 과정에서 가장 먼저 들여다보게 된 대상은 부모도 아이도 아닌 나 자신이었다.

"나는 어떤 사람인가. 나는 어떤 언어로 아이와 부모를 만나고 있는가."

배움은 타인을 이해하기에 앞서, 나 자신을 해석하는 작업이었다. 나는 유독 특정 상황에서 예민해지는 경우가 있다. 그리고 존중받지 못했다고 생각되거나 무시당했다는 느낌을 받을 때 마음의 상처로 깊게 남게 되었다. 책임감이 너무 무거워 긴장하는 마음을 내려놓지 못하는 자신을 발견하게 되었다. 배움은 그 이유를 조용히 연결해 주었고, 과거의 나와 현재의 나를 하나의 이야기로 엮어 주었다.

독서를 시작하며 생각의 폭은 넓어졌고, 글쓰기를 배우며 마음의 결이 정리되었다.

머릿속에서 맴돌던 감정들은 문장이 되었고, 문장은 다시 나를 단단하게 붙잡아 주었다. 읽고 쓰는 시간은 바쁜 일상에서도 나를 나답게 회복시키는 통로였다. 회복 시간만큼은 누군가를 위해 설명하지 않아도 되었고, 판단 받지 않아도 되었다. 그저 나로 존재할 수 있었다.

한편, 내 몸은 오래도록 나의 약한 부분이 생겼다.

혈액순환이 원활하지 않아 오른 쪽 목과 왼쪽 종아리가 아파서 잠을 설쳐야 했다. 지인추천으로 건강코치를 받게 되었고 음식섭취에 대한 안내와 운동을 권유받았다. 운동은 늘 해야 할 것으로 숙제처럼 느껴졌다. 그러나 새벽 624(6시를 두 번 만나는 사람들)독서 모임을 통해서 운동의 중요함을 알게 되어 실천하게 되었다. 처음에는 100미터도 달리지 못했다.

2025년 2월 나는 혼잣말로 중얼거렸다.

"나는 운동을 좋아한다. 지금 나가서 운동하고 싶다."라는 말을 반복하였다. 그리고 '지금 나는 운동하고 싶다.'라는 글을 써서 책상 옆에 붙여 두고 볼 때마다 중얼거렸다. 그리고 운동하고 있는 내 모습을 상상했다. 놀랍게도 상상만으로도 몸은 반응하기 시작했다. 상상은 뇌에 중요한 신호를 보냈고, 뇌는 행동의 우선순위로 인식했다. 배움은 생각의 방향을 바꾸고, 생각은 곧 삶의 방향을 바꾸었다. 나는 '하루하루 조금씩 꾸준히 해 보자.'라는 문장을 내 삶에 적용해 보기로 했다.

이른 아침, 강변을 걷는 것으로 하루를 시작했다. 처음에는 숨이 찼고, 다리는 무거웠다. 그런데도 멈추지 않았다. 걷는 날이 늘었고, 걷다가 천천히 뛰기를 시작했다. 걷기 시작한 지 3개월이 지나고 난 후 3킬로미터를 천천히 달릴 수 있게 되었다.

달리는 아침은 나에게 하루를 견디는 힘이 되었다. 생각이 정리되었고, 남아 있던 감정들이 흘러나갔다. 2026년 3월 1일, 부산 삼락공원에서 〈부산 환경 K-런〉 10킬로미터 마라톤에 참여했다. 예전의 나였다면 상상도 못 했을 선택이었다. 이 변화의 중심에는 내면 언어가 있었다.

“나는 생각하고, 뇌는 일 한다.” 이 문장은 나를 움직이게 했다.

“나가고 싶다. 나는 운동하고 싶다.”라고 뇌에 말을 건네자, 몸은 자연스럽게 반응했다.

배움은 나를 특별한 사람으로 만들지 않았지만 나를 해석할 수 있게 해 주었다. 힘든 순간을 실패로 보지 않았고, 흔들림은 성장의 과정으로 이해하게 했다.

배움은 아이들의 울타리가 되었다. 내가 읽고, 쓰고, 배우고, 운동하며 나를 돌아보는 시간이 아이들을 더 안전하게 품는 힘이 되었기 때문이다.

불안한 부모 앞에서 더 차분한 언어를 선택할 수 있었고, 지친 교사에게는 해결책보다 먼저 따뜻한 말을 건넬 수 있다. 아이의 행동을 지도해야 할 문제로 보지 않고, 이해해야 할 신호로 해석할 수 있게 되었다. 배움은 나를 더 강하게 만들지 않았지만 대신 더 유연하게 만들었다.

배움은 끝이 없는 여정이었다. 배우는 여정 속에서 나는 더 이상 버티는 사람이 아니라 이해하는 사람이 되었다. 삶을 해석할 수 있게 되자, 삶은 천천히 나를 성장의 자리로 이끌었다.

배움은 더 많이 알기 위한 것이 아니라, 삶을 다르게 해석하기 위한 힘이다. 배움은 읽고, 쓰고, 배우고, 몸을 움직이는 모든 작은 실천은 결국 나 자신을 단단하게 세운다.

배움은 아이와 부모, 교사를 품는 가장 넓은 울타리가 된다.

8

# 공부는 나를
# 무너뜨리지 않고 다시 세웠다

고등학교 동창 아홉 명이 강원도 양양에서 만나기로 한 날이다. 2025년 6월 부산과 울산, 진주와 거제, 그리고 서울에서 각자의 삶을 살아가던 우리가 지도 위의 한 점으로 모였다. 양양에 사는 친구 정이는 채소와 과일, 고기와 회까지 정성껏 준비해 두었다고 했다. 그 이야기를 듣는 순간 우리들의 마음은 따뜻해졌다.

우리는 오랜 세월을 다른 지역에서 살아왔다. 양양에 있는 친구는 직장에 계속 다니면서 건강을 지켰고, 거제도에 있는 친구는 꾸준하게 그림을 그리고 공부하더니 유명한 화가가 되어 전시회를 자주 열었다. 광명에 있는 친구는 오래도록 한복집을 운영했고 한복을 입으면 유난히 예쁘게 빛이 났다. 진주에 있는 친구는 책에 대한 다양한 지식을 갖고 있었고 책읽기를 좋아하고 시 쓰기를 좋아한다. 지금은 편의점을 운영하고 있다. 부산과 울산에 있는 친구들은 있는 그곳에서 각자 자기 일을 성실하게 하며 든든하게 성장하고 있다.

아침 일찍 일어나 설악산에 도착했다. 이미 사람들이 줄지어 와 있었다. 고등학교 때 수학여행으로 설악산에 왔었고 오늘이 두 번째로 산에 올랐다. 여고 시절에는 풍경보다 웃음소리가 더 컸고, 조잘조잘 이야기에 집중하며 걸었다.

설악산은 달라져 있었다. 케이블카가 생겼고, 바람은 생각보다 거셌다. 강풍으로 등반이 제한된다는 안내 방송이 흘러나왔다.

우리는 서로 얼굴을 바라보며 웃었다. 인생이 그렇듯, 올라가고 싶다고 언제나 올라갈 수 있는 것은 아니었다. 한참을 기다린 끝에 다시 운행이 시작된다는 방송이 나왔다. 우리는 천천히 산 위로 향했다. 정상에서 내려다본 작은 산과 나무, 바위와 숲은 누군가 정성껏 조경해 둔 정원처럼 아름다웠다.

많은 시간이 지났지만, 여고 동창들을 만나서 여행을 할 수 있는 것 모두가 감격이었다. 친구들의 삶 이야기는 역사의 한 자락이었다.

점심으로 강원도 봉평 막국수를 먹고, 우리는 양양의 카페 둔치로 향했다. 강과 바다가 만나는 자리이다. 강물 위에 세워진 카페는 풍경만으로도 사람을 아이처럼 만들었다. 창밖을 바라보는 순간, 나는 어린아이처럼 환하게 웃고 있었다. 마음은 다시 교복을 입은 고등학생처럼 가벼워졌고, 웃음은 이유 없이 터져 나왔다.

흘러나오는 음악에 맞춰 몸이 자연스럽게 움직였다. 마음속에서 환호성을 치고 있었다. 카페를 나와 산책길을 걸었다. 누가 먼저 시작했는지 이미 리듬에 맞춰서 몸을 움직이고 있었다.

삶이 어디로 흘러가든 방향을 잃지 않게 해 주는 나침반이 있다. 그러나 인생은 꿈만으로 이어지지 않았다. 결혼과 출산, 육아와 어린이집 운영까지 이어진 시간 속에서 나는 여러 번 나 자신을 의심했다.

"지금 나는 잘살고 있는 걸까. 나는 스스로 만족하는 어른일까."

나는 어릴 때부터 꿈이 선생님이 되고 싶었고, 그렇게 살고 있다. 한쪽 가슴에는 스스로 박수를 보내고 싶었고, 다른 한쪽은 늘 아쉬움으로 남았다. 하고 싶은 일 다 하지 못한 아쉬움과 더 멀리 나아가지 못한 것에 대한 미련도 있었다. 아쉬움과 안타까운 마음은 나를 배움의 길로 이끌었다.

배움은 나를 증명하는 일이 아니었다. 자격증이나 학위로 나를 포장하는 일이 아니었다. 배움은 나를 비교하지 않았고, 재촉하지도 않았다. 대신 조용히 숨을 고르게 해 주었다.

무엇이 부족한지보다, 무엇이 충분한지를 보게 해 주었다.

나는 배움을 통해 나를 함부로 대하지 않는 법을 배웠다. 흔들리는 나를 실패자로 규정하지 않았고, 부족한 나를 부끄러워하지 않게 되었다. 배움은 나에게 자존감을 가르쳤다. 남과의 비교에서 얻는 자존감이 아니라, 나를 존중하는 태도로서의 자존감이었다.

돌이켜보면 배움은 건축과도 같았다.

무너진 자리에 다시 벽을 세우는 일, 금이 간 마음에 보강재를 덧대는 일, 흔들리는 기초를 다시 다지는 일이었다. 고난은 바람처럼 몰아쳤고, 관계의 갈등은 벽에 금을 냈다. 그러나 배움은 그 금을 숨기지 않고 보수하는 법을 알려주었다.

나는 늦은 나이에 다시 책상 앞에 앉았다. 상담을 공부했고, 심리를 배우고, 글을 쓰며 나를 돌아보았다. 그 시간은 겉으로 보기에는 멈춤처럼 보였을지라도 배움은 내 삶의 기초 공사를 다시 하는 시간이었다.


양양에서의 시간은 그런 내 삶을 비추는 거울 같았다. 친구들 역시 각자의 자리에서 치열하게 살아왔다. 우리는 서로의 삶을 낱낱이 묻지 않았다. 그러나 눈빛만으로도 알 수 있었다.

누구도 완벽하지 않았고, 누구도 실패자로 남지 않았다. 모두 자기 방식으로 배우며 살아왔다.

나는 화려한 꽃이 되지는 못했지만 대신 들꽃처럼 살아왔다. 누군가의 시선을 끌지 않아도, 스스로 부끄럽지 않은 향기를 품고 살아왔다. 비에 젖는 시간도 있었고, 바람에 흔들리며 마음이 요동치는 날도 있었다. 그러나 나는 조금씩 단단한 나무가 되어가고 있었다.

자연과 가까이 지내며 몸과 마음의 건강을 다시 찾았고, 인내와 손을 잡고 걸어가다 보니 고난도 다른 얼굴을 드러냈다. 고난은 더 이상 나를 꺾는 존재가 아니라, 나를 깊게 만드는 과정이 되었다.

친구들과 함께한 2박 3일의 여행은 그 사실을 다시 확인시켜 주었다. 풋풋했던 여고 시절을 지나 이제는 인생의 깊이를 간직한 얼굴로 다시 만날 수 있다는 것이 얼마나 감사한 일인지 새삼 느꼈다.

집으로 오늘날, 나는 동해를 따라 달리는 ITX 기차에 몸을 실었다. 창밖으로 펼쳐진 바다는 끝이 없어 보였고, 기차는 흔들림 없이 앞으로 나아갔다. 이상하게도 내 등에 날개가 달린 것 같은 기분이 들었다.

그 날개는 누군가가 달아준 것이 아니었다. 배움을 통해 다시 나를 믿게 되었을 때, 조용히 돋아난 날개였다. 배움은 나를 무너뜨리지 않았다. 오히려 무너질 때마다 다시 세웠다. 넘어졌다고 해서 끝이 아니었고, 늦었다고 해서 방향을 바꿀 수 없는 것이 아니라는 것을 알게 되었다.

배움은 시험을 위한 준비가 아니라 삶을 위한 토대였다. 젊은 날의 특권이 아니라, 인생을 오래 살아 낸 사람에게 주어지는 선물이었다.

나는 이제 안다. 삶은 완공된 건물이 아니라, 계속해서 증축하고, 보수하고, 창을 내고, 벽을 허무는 과정이다. 배움은 그 모든 과정에 설계도가 되어 주었다.

설악산의 바람처럼 거센 날도 있고, 양양의 바다처럼 고요한 날도 있을 것이다. 인생은 늘 일정하지 않다. 나는 다시 세워지는 법을 배웠다.

배움은 나를 늦추지 않는다. 오히려 삶을 다시, 제대로 걷게 만든다. 나는 흔들렸지만 무너지지 않았다. 배움은 기초를 다시 세우는 삶의 건축학이 되었다.

배움은 나를 증명하기 위한 도구가 아니라 무너진 나를 다시 일으켜 세우는 힘이었다.

# 충분히 좋은 나

고난을 지나 삶의 태도를 배우다

고난이 사라진 것이 아니라 삶을 바라보는 태도가 바뀌었다. 삶은 여전히 쉽지 않았다. 흔들리는 삶 속에서도 사람은 충분히 단단해질 수 있다. 육아는 아이를 키우는 일이 아니라 사람을 이해하는 배움이었다. 완벽한 삶은 없다. 하지만 충분히 좋은 삶은 언제나 가능하다.

1

# 고난의 의미가 바뀌었다

넘어지는 순간마다 다시 배우는 것이 있다.

아이들은 놀다가 자주 넘어진다. 뛰다가 발이 걸리고, 친구를 쫓아가다 균형을 잃고, 아무 일 없다는 듯 걷다가도 바닥에 주저앉는다. 그때 아이들은 운다. 아파서 울고, 놀라서 울고, 때로는 서러워서 운다.

그러나 조금만 시간이 지나면 다시 웃음을 되찾고, 아무 일도 없었다는 듯 놀이로 돌아간다. 아이들에게 넘어짐은 실수가 아니라 놀이 일부이기 때문이다. 넘어지고 다시 일어나는 과정에서 몸의 균형을 배우고, 두려움을 이기는 힘을 배운다.

나는 수없이 많은 아이를 지켜보며 자연스레 깨달았다. 어쩌면 어른은 아이들의 넘어짐을 너무 무겁게 받아들이고 있는지도 모른다.

어른의 삶에서도 넘어짐은 있다. 실수도 있고, 후회도 있고, 예상과 다르게 흘러가는 선택도 있다. 그러나 한 번의 실패로 자신을 규정하고,

한 번의 실수로 인생 전체를 판단할 필요는 없다. 아이들처럼 넘어져도 다시 웃을 수 있다면, 어른의 인생에서 실수는 배움의 기초가 되고 성장의 토대가 될 수 있다. 나는 그렇게, 어려움 속에서도 자라고 있었다.

깨달음은 거창한 사건에서 시작되지 않았다. 아주 사소한 장면에서 시작되었다.

2024년 4월, 아이들과 함께 딸기밭 체험을 하였던 날이었다. 햇볕이 따뜻했고, 딸기밭에는 빨갛게 익은 딸기들이 가득했다. 아이들은 보자마자 손을 뻗어 따기 바빴고, 입가에 딸기 물을 묻힌 채 웃음을 터뜨렸다.

그런데 한 아이가 눈에 들어왔다. 다른 아이들과 달리 딸기를 따지도, 먹지도 않고 가만히 서 있었다. 나는 조심스럽게 다가가 물었다.

"수빈아, 딸기 따서 먹으니까 달콤하지? 어서 먹어 봐."

수빈이는 잠시 고개를 숙이다가 이렇게 말했다.

"나는 그만 먹고 엄마 줄 거예요." 짧은 한마디였다. 그러나 그 말은 내 마음을 깊이 울렸다. 그 아이는 체험을 잘하지 못한 것이 아니었다. 엄마를 생각하는 사랑을 선택하고 있었다.

그날 우리 아이들은 배가 부르도록 딸기를 따 먹고, 또 한 팩씩 정성껏 담아 엄마 아빠에게 드리도록 준비했다. 아이들은 먹는 기쁨보다 나누는 기쁨을 배웠고, 나는 아이의 엄마 사랑을 확인하는 시간을 가졌다. 그날 이후 나의 태도는 조금씩 달라졌다.

 

아이에게 무엇을 얼마나 했는지를 보던 시선에서, 아이가 어떤 마음으로 선택했는지를 바라보는 시선으로 옮겨갔다.

"왜 안 했어?" 대신 "그때 어떤 마음이었어?"를 묻게 되었다. 결과보다 과정에 머무를 수 있게 되자, 나 역시 숨이 트였다. 그러나 현장은 언제나 따뜻한 장면만으로 채워지지 않는다.

2025년 10월 초, 땀이 날 정도로 더웠던 10월이었다. 누리 반 숲 활동을 나가던 날이었다. 숲 선생님은 아이들에게 도토리를 보여주기 위해 떡갈나무 아래로 안내했다. 순간 예상하지 못했던 일이 벌어졌다. 땅에서 벌이 나오기 시작했기 때문이다. 순식간에 아이들 3명과 숲 선생님들이 벌에 쏘였다. 놀라고 당황한 목소리에 순간 급히 응급실에 전화하고 병원으로 이동했다. 다행히 아이들은 옷 위에 한두 번 정도로 그쳤지만, 선생님 세 분은 여러 군데를 쏘였다. 치료받고 약을 먹은 뒤에야 상황은 조금씩 진정되었다.

내 마음은 쉽게 가라앉지 않았다.

"왜 더 세심하게 살피지 못했을까. 왜 그 위험한 장소로 선택했을까."라는 자책이 밀려왔다. 아이들에게 자연을 경험하게 해 주고 싶었던 숲 선생님의 마음을 충분히 이해한다. 그러나 한순간의 위험이 큰일이 될 수도 있었기 때문에 마음이 잠잠해지지 않았다.

그래도 숲 활동은 계속하였다. 같은 구 숲 활동 장소를 옮겨서 아이들의 숲 놀이는 지속되고 있었다. 예전 같으면 숲 활동을 하다가 벌에 쏘이는 일 때문에 오래도록 숲 활동을 멈추고 있었을 것이다. 그러나 숲 활동은 아이들에게 자연에서 활동하고 자연물을 이용한 놀이가 이루어지고 있다. 놀거리도 풍부해서 새로운 생각을 많이 하게 되고 창의력과 용기, 집중력이 발달하고 있어서 멈출 수가 없었다.

그러나 그날 이후 나는 다른 선택을 했다. 어려움을 덮어두지 않고, 함께 들여다보기로 했다.

우리는 상황을 세밀하게 정리했다. 무엇이 부족했는지, 어떤 점을 놓쳤는지 기록했다. 도시의 숲이라 해도 자연 앞에서는 언제나 겸손해야 한다는 사실을 온몸으로 배웠다. 좋은 경험보다 안전한 경험이 먼저라는 원칙을 다시 세웠다.

이후 숲 활동할 때 더 안전한 장소를 찾았고, 사전 점검과 준비를 훨씬 더 철저하게 했다. 위험 요소를 구체적으로 기록했고, 상황별 대응 매뉴얼을 다시 만들었다. 어려움은 우리를 위축시키지 않았다. 오히려 현장을 더 단단하게 만들었다.

돌이켜보면 내 인생의 어려움도 그랬다. 잘하려다 실수했고, 의미 있다고 믿었던 선택이 예상과 다르게 흘러간 적도 많았다. 관계에서도, 운영에서도, 나 자신을 다루는 일에서도 마찬가지였다.

실패는 나를 규정하는 이름이 아니라, 나를 키워온 시간이었다. 실패를 겪으며 나는 더 조심스러워졌고, 더 많이 묻게 되었으며, 더 책임 있는 선택을 하게 되었다. 아이들과 함께한 매일의 순간은 나에게 삶의 교과서였다.

낮잠 후 조용히 안겨 오는 아이의 체온과 처음 말을 배우고 세상을 향해 질문을 쏟아내던 순간들이 나에게 삶의 기쁨이자 보람이었다.

아이들이 넘어졌다가 다시 웃으며 놀이로 돌아가듯, 나 역시 어려운 순간마다 조금씩 자라고 있었다. 어려움은 나를 멈추게 하지 않았다. 오히려 삶의 속도를 조절하게 했고, 더 살피고, 더 묻고, 더 책임지게 했다. 나는 두려움 속에서도 한 걸음 내딛는 선택을 하기로 했다. 실수 앞에서 자신을 몰아붙이지 않기로 했다. 오늘의 노력과 관심이 내일의 가능성을 만든다는 믿음을 붙잡기로 했다.


오늘도 나는 아이들과 함께 걷는다.

넘어지면 손을 내밀고, 울면 기다려주고, 다시 웃으면 함께 손뼉을 친다. 그렇게 하루하루를 살아 낸다. 어려움은 우리를 정의하지 않는다. 어려움은 성장의 한 장면일 뿐이다. 넘어졌다는 사실보다, 다시 일어났다는 기억이 차곡차곡 쌓일 때 인생은 단단해진다. 실패 속에서도 나는 자라고 있었고, 어려움 속에서도 나는 배우고 있었다. 그래서 오늘도 흔들리되 멈추지 않는다. 다시 일어나는 법을 배웠기 때문이다.


실패는 나를 무너뜨리는 이름이 아니라, 나를 키워 온 시간이다.

# 2

# 청도 미나리 향기 속에서
# 맞이한 3월

매년 3월이면 신학기가 시작된다. 어김없이 달력은 새 장을 펼치고, 교실에는 새 이름표가 붙는다. 아이들의 가방은 한 뼘 더 커진다. 원장으로 살아온 지난 35년의 세월 동안 3월은 늘 설렘과 긴장이 교차하는 계절이었다. 아이들은 낯선 교실 문 앞에서 한 발을 머뭇거리고, 부모님은 기대와 염려를 함께 안고 아이의 손을 놓는다. 교사들은 교실을 정돈하며 새로운 관계를 준비한다. 나 역시 매해 3월이면 마음을 단단히 다잡고 다시 출발선에 선다.

올해 3월은 조금 달랐다. 대체공휴일이 겹쳐 모처럼 여유가 생겼다. 숨 가쁘게 달려온 졸업과 수료, 오리엔테이션과 학부모 상담을 마치고 나니, 잠시 멈추어 숨을 고를 시간이 주어진 것이다. 마치 봄비가 겨울의 먼지를 씻어내듯, 내 마음에도 촉촉한 쉼이 스며들었다.

여유로운 날, 다정한 지인들과 함께 경북 청도 미나리 삼겹살을 먹으러 갔다. 부산에서 8명이 봉고차를 타고 오전 10시 30분에 출발했다. 차 안에는 웃음과 근황 이야기, 새 학기에 대한 다짐이 오갔다. 누군가는 손자의 사진을 보여주었고, 누군가는 올해 계획한 새로운 일 이야기를 꺼냈다. 나는 창밖을 바라보았다. 이렇게 함께 시간을 내어 동행할 수 있어서 고마운 일이었다.

11시 50분, 청도에 도착했다. 이미 식당은 만석이었다. 봄이 오면 사람들도 미나리 향기를 따라 움직이는 모양이다. 다행히 예약해 두었기에 우리는 바로 자리에 앉을 수 있었다. 분주한 식당 안, 사람들의 기대와 식욕이 공기처럼 가득 차 있었다.

그날의 식사는 단순한 외식이 아니라, 새 학기를 앞둔 나에게 주어진 작은 선물 같았다.

상 위에 차려진 것은 오직 미나리와 삼겹살이었다. 다른 화려한 반찬은 없었다. 생채소 대신 푸른 미나리가 수북이 담겨 나왔다. 갓 씻어낸 듯 싱그러운 향이 코끝을 자극했다. 불판 위에서 삼겹살이 지글지글 익어가고, 그 옆에서 미나리가 살짝 숨을 죽였다.

삼겹살의 기름진 향과 미나리의 풋풋한 향이 어우러졌다. 나는 미나리를 너무 오래 익히지 않고 살짝만 데치듯 익혀 삼겹살과 함께 먹었다. 입안에서 고소함과 상큼함이 동시에 퍼졌다. 기름진 느낌이 남지 않고, 깔끔하게 정리되는 맛이었다. 무엇보다 살짝 익힌 미나리에서 은은한 단맛이 느껴졌다. 그 단맛이 삼겹살의 풍미를 한층 더 돋워주었다.

"사람의 관계도 이와 같지 않을까?"

삼겹살처럼 각자의 개성과 색깔이 있고, 미나리처럼 그 맛을 정리해 주는 존재가 있다. 어린이집에서도 마찬가지다. 아이들은 저마다의 기질과 에너지를 가지고 온다. 어떤 아이는 활달하고, 어떤 아이는 조심스럽다. 교사는 그 아이들의 기름진 감정을 미나리처럼 다독여 주는 존재여야 한다. 너무 익히면 향이 사라지고, 덜 익히면 거칠 수 있다. 적당한 온도, 적당한 시간. 교육도 결국 적당함을 찾는 과정이다.

식사를 마치고 우리는 천천히 식당을 내려왔다. 비가 곧 내릴 것 같이 공기는 부드럽고 축축한 느낌이었다. 시골 동네 안쪽에 자리한 커피숍이 있었다. 맛집이 있듯이 커피숍도 알려진 곳인 것 같았다. 그곳에도 이미 사람들이 가득했다. 주차장이 세 군데나 있는 걸 보니 흐리지 않았다면 이곳도 만석이었을 것이다. 사람들은 도시를 벗어나 자연의 품에서 잠시 쉬고 싶어 한다.

커피숍 창가에 앉아 밖을 바라보니 아직 잎을 틔우지 못한 나뭇가지에 봄비가 매달려 있었다. 마른 나무는 겨울의 흔적을 품고 있었고, 그 끝에는 새로운 싹이 준비되고 있었다. 나는 가을을 상상했다. 은행잎과 단풍잎이 온 산을 물들이고, 노랗고 붉은 색이 겹겹이 쌓일 풍경을 떠올렸다. 지금은 앙상한 가지뿐이지만, 계절은 반드시 돌아온다.

신학기 역시 그렇다.

처음에는 어색하고 낯설다. 울음을 터뜨리는 아이도 있고, 엄마의 손을 놓지 못하는 아이도 있다. 교사도 긴장한다. 나 역시 매일 교실을 돌며 아이들의 표정을 살핀다. 이 아이가 오늘은 조금 덜 울었는지, 친구와 눈을 맞추었는지, 밥을 한 숟갈 더 먹었는지. 작은 변화가 큰 기쁨이 된다. 나는 커피잔을 들고 생각했다.

"아이들의 적응도 봄나무와 같겠지."

지금은 마른 가지처럼 보일지라도, 그 안에는 생명의 기운이 흐르고 있다. 시간을 주고, 기다리고, 따뜻한 햇볕을 비추어 주면 어느새 연둣빛 싹이 돋아난다. 우리는 조급함 대신 기다림의 미덕을 세우고, 비교 대신 응원을 선택해야 한다.


미나리와 삼겹살이 서로의 맛을 살려주듯, 어린이집에서도 아이와 교사, 부모가 서로를 보완해 주어야 한다. 부모는 가정에서 안정된 애착을 제공하고, 교사는 교실에서 안전한 울타리를 만들어 준다. 원장은 그 관계가 흔들리지 않도록 중심을 잡는다. 기름기를 닦아내는 미나리처럼, 때로는 감정을 정리해 주고, 때로는 단맛을 더해 주어야 한다.

돌아오는 길, 봉고차 안은 아침보다 더 조용했다. 배도 부르고, 마음도 채워진 탓이리라. 나는 창밖을 바라보며 다시 다짐했다.

"즐거움이 가득한 어린이집을 만들자."

아이들이 아침마다 웃으며 들어오는 곳, 교사가 자부심을 느끼는 곳, 부모가 안심하는 곳이 되기를 바란다. 안전은 기본이고, 재미는 선물이며, 배움은 자연스러운 결과가 되는 공간이길 희망한다.

3월은 언제나 시작의 달이다. 나는 다시 어린이집 문을 연다. 교실을 둘러보고, 교사의 손을 잡고, 아이의 눈을 바라보며 기도한다.

"이곳이 안전하고 즐거움이 가득한 공간이 되게 하소서. 아이들이 안전하게 웃고, 마음껏 뛰놀며, 자기만의 빛을 찾게 하소서."

청도의 봄 향기가 아직 코끝에 남아 있다. 그 향기를 품고 나는 또 한 해를 시작한다.

# 3

# 완벽한 부모 대신
# 성장하는 부모로

완벽하지 않았기에 더 단단해진 시간이었다.

오래도록 아이들과 함께한 나의 삶을 돌아보면, 후회보다 감사가 먼저 떠오른다. 지나온 길이 늘 평탄했던 것은 아니다. 오히려 흔들렸고, 부족한 부분들이 있었고, 마음대로 되지 않는 날들이 많았다. 그런데도 하나같이 소중한 보물이었다. 완벽해서 감사한 것이 아니라, 부족했기에 더 깊이 배우고 성장할 수 있었던 시간이었기 때문이다.

처음 엄마가 되었을 때 나는 완벽한 엄마가 되고 싶었다.

아이에게 부족한 것 없이 충분히 만족하도록 해 주고 싶었다. 그리고 실수하지 않는 어른이고 싶었다. 좋은 말만 들려주고, 상처 주지 않는 선택만 해 주고 싶었다. 아이의 인생에 흠이 되지 않는 엄마가 되고 싶었다. 그러나 삶은 내 바람대로 흘러가지 않았다.

아이를 키우는 일은 계획처럼 진행되지 않았다. 하루하루 일상에서는 예측을 벗어났다. 피곤함은 쌓였고, 마음의 여유는 쉽게 사라졌다. 그럴수록 나는 더 애썼고, 더 잘하려고 했다. 아이를 위해서라며 나 자신을 뒤로 미뤘다.

오랜 뒤에 나는 알게 되었다. 실수 없이 완벽히 하려는 마음이 오히려 나를 더 지치게 만들고 있었다. 아이 앞에서 괜찮은 것처럼 웃으려고 애를 썼다. 그러다 보니, 내 감정에 솔직할 수가 없었다. 힘들다고 말하지 못했고, 실수했다고 인정하지 못했다. 그렇게 육아하다 보니 나의 마음은 점점 단단해지기보다 굳어가고 있었다.

나는 엄마로, 유아 교육자로 살아왔다. 몸은 피곤했고, 마음은 자주 바닥을 드러냈다. 그런데도 포기하지 않을 수 있었던 이유는 나의 아들 호진이와 호민이 덕분이었다. 묵묵히 응원해 준 가족들과 말없이 곁을 지켜 준 지인과 친구들의 위로와 격려가 힘이 되었다. 어렵고 지쳐있을 때 누군가의 작은 위로는 지친 마음을 다시 일으켜 세운다. 마음이 낙심될 때 그 마음을 알아주고 지지하는 오직 한 사람만 있어도 세상을 살아갈 용기가 생긴다. 고된 삶을 격려와 위로의 사랑으로 함께 해 주는 사람이 있다면 인생은 살게 된다.


아이들은 나에게 가르쳐야 할 대상이 아니었다. 그들은 언제나 나를 성장하게 만드는 존재였다. 아이들의 눈빛과 웃음은 매일같이 나에게 배움의 자리를 열어 주었다. 어린이집 원장이 되어 만난 아이들은 또 다른 선물이었다. 걸음마를 배우는 아이들, 말을 시작하며 세상을 향해 표현을 넓혀 가는 아이들의 모습은 하루에도 수없이 웃음을 선물해 주었다. 아이 한 명 한 명이 하늘이 보내준 존재처럼 느껴졌고, 그들을 통해 나는 순수함과 희망을 다시 배웠다. 밝은 얼굴로 인사하며 등원하는 아이들, 믿고 자녀를 맡겨 주는 부모들, 함께 고생하며 웃던 선생님들이 고마웠다.

만남은 내 삶을 조용히 반짝이게 했다. 감사는 마음에만 머무르지 않았다. 내가 받은 사랑과 도움은 다시 다른 사람에게 전해졌고, 자연스럽게 나눔으로 이어졌다. 산책하다 발견한 작은 들꽃 하나에도 감탄하며 웃음이 터졌고, 바깥 놀이터에서 친구와 어울려 노는 아이들의 모습은 나에게 가장 값진 장면이 되었다. 삶의 기쁨은 거창한 성취에 있지 않았다. 아주 작은 순간 속에서, 함께 나누는 마음속에서 자라고 있었다.

성장의 길은 늘 따뜻하지만은 않았다. 아이를 키우며, 또 아이들을 돌보는 일을 하며 나는 수없이 흔들렸다. 내 선택이 옳았는지, 내가 충분한 부모인지, 아이에게 상처를 남기고 있지는 않은지 끊임없이 자신을 의심했다. 그때마다 나는 선택해야 했다. 나를 몰아붙일 것인가, 아니면 나를 이해할 것인가. 예전의 나는 늘 자신을 채찍질했다. 부족함은 곧 불안이었고 근심이라고 믿었다. 하지만 배움과 아이들과의 시간을 통해 나의 태도는 조금씩 달라졌다.

나는 완벽해지기를 내려놓기로 했다. 대신 성장하기를 선택했다. 실수하지 않는 부모가 아니라, 실수 앞에서 다시 선택할 수 있는 부모가 되기로 했다. 아이에게 모든 답을 주는 부모가 아니라, 함께 질문하는 부모가 되기로 했다. 이 선택은 나를 더 약하게 만들지 않았다. 오히려 숨을 쉬게 했고, 아이와 나 사이에 더 많은 대화를 가능하게 했다. 완벽이 아닌, 감사로 성장하는 삶이었다. 삶을 돌아보면 감사는 나를 단단하게 만들었다. 어려움 속에서도 감사할 수 있었던 마음은 나를 무너지지 않게 지탱해 주었고, 작은 기쁨과 선한 영향력을 발견하게 했다. 오늘 내가 누군가에게 건네는 따뜻한 말과 손길이 결국 나를 더 성장시키는 길이라는 사실을 이제는 분명히 안다. 어린이집 원장으로, 엄마로 살아오며 감사는 나의 하루를 시작하고 마무리하는 힘이었다. 아이들의 웃음소리에 귀 기울이고, 부모와 선생님들과 나누는 대화 속에서 감사는 늘 살아 숨 쉬고 있었다. 내가 경험한 감사와 사랑은 자연스럽게 나눔으로 이어졌고, 그 나눔 속에서 삶의 의미와 행복을 발견할 수 있었다.

35년 동안 많은 학부모를 만났다. 아이를 향한 부모의 헌신과 사랑은 언제나 깊은 감동을 주었다. 아이를 믿고 맡겨 주는 그 신뢰 앞에서 나는 늘 고마운 마음이었다. 부모의 끝없는 사랑과 노력이 아이들의 미래를 만든다는 사실을 현장에서 매일 확인한다. 우리 어린이집과 부모는 늘 동반자였다. 완벽을 요구하기보다 서로의 부족함을 이해하며 함께 걸어왔다. 아이들을 향한 교사의 사랑과 열정 덕분에 어린이집은 아이들에게 꿈과 희망을 주는 따뜻한 공간이 될 수 있었다.

아이들의 성장에 밑거름이 되어 준 선생님들의 마음에 깊이 감사한다. 끊임없이 배우고 성장하려는 교사들의 모습은 나에게도 큰 용기가 되었다. 자신을 믿고 긍정적인 마음으로 어려운 시간을 함께 이겨내는 선생님들은 참으로 훌륭한 교육자였다.

완벽한 부모보다 아이와 함께 자라는 부모가 되면 충분하다. 감사로 오늘을 살아갈 때, 우리는 아이와 함께 성장한다. 그 성장은 눈에 띄지는 않지만, 천천히 꾸준하게 삶을 단단하게 만든다.

힘들고 외롭고, 앞이 보이지 않을 만큼 막막했던 순간들도 있다. 그러나 가진 것에 감사하고 함께 하므로 고마운 마음이 된다. 아픔도, 눈물도, 고단함도 결국 오늘의 나를 더 지혜로운 부모로 만들어 준 선물이 된다.


완벽하지 않아도 감사하고 성장하는 부모로 살아간다면, 그것으로 충분하다. 아이와 함께 자라는 그 길 위에서, 나는 오늘도 단단해지고 있다.

# 4

# 단단한 대화, 단단한 관계

말이 마음을 다치게 하던 시절이 있었다.

돌이켜보면 나는 말하는 것을 좋아하는 사람이었다. 침묵을 불안해했고, 대화의 공백을 견디지 못했다. 상대가 상처받을까 걱정하면서도, 정작 그 걱정을 말로 덮으려 했다. 설명이 길어질수록 마음은 전달될 것이라 믿었고, 충분히 말하면 오해는 사라질 것으로 생각했다.

그러나 현실은 달랐다. 말은 마음보다 앞서 나갔고, 마음은 말 뒤에서 다치고 있었다.

어린이집 원장으로, 엄마로, 한 사람의 어른으로 살아오며 나는 수없이 많은 대화를 해 왔다. 부모 상담, 교사회의, 아이들과의 일상적인 대화까지 하루에도 많은 선택 앞에 있다. 겉으로 보기에는 무난해 보이는 관계들이었지만, 그 안에는 말로 남긴 흔적들이 켜켜이 쌓여 있었다.

잘해 보려던 말이 상처가 되고, 걱정에서 건넨 말이 부담되며, 책임감에서 나온 말이 상대를 위축시키는 순간들을 경험했다. 그때마다 나는 자신을 탓했다.

"왜 나는 말이 이렇게 서툴까. 왜 내 진심은 늘 반쯤만 전달될까."라는 고민하게 되었다. 그때 나는 말을 잘하려고 애쓰는 사람이었다. 이치에 맞는 말을 하고, 상황을 정리하고, 문제를 해결하려 애썼다. 기분이 좋아지면 목소리도 커졌고 단단해졌다. 나는 단단함이 상대를 지켜줄 것이라 믿었다.

그러나 관계는 점점 경직되었고, 마음은 가까워지지 않았다. 말은 분명했지만, 관계는 부드럽지 않았다.

전환점은 아주 조용한 순간에 찾아왔다.

몇 해 전, 한 교사와의 상담 시간이었다. 그 교사는 말없이 앉아 있다가 갑자기 울음을 터뜨렸다. 나는 습관처럼 해결책을 떠올렸다.

생각 속에서는 해결책을 찾고 있었다. 하지만 말이 나오지 않았다. 대신 나는 고개를 끄덕이며 이렇게 말했다.

"선생님 많이 힘들었겠어요."라는 그 말이 끝나자, 교사의 말이 쏟아지듯 이어졌다. 그동안 하지 못했던 이야기, 참아왔던 감정, 혼자 견뎌온 시간이 끊임없이 흘러나왔다. 적극적인 경험을 하였다.

때로는 말보다 침묵하면서 기다려주는 것이 답일 수도 있다. 단단한 대화는 말을 더 많이 하는 그것이 아니라, 말을 멈추고 얼굴을 마주하고 표정과 마음을 읽어 주는 것이 필요하였다. 그리고 대화의 속도를 천천히 하면서 하고 싶은 이야기를 할 수 있도록 듣는 것이 중요하였다.

아이들이 울거나 떼를 쓸 때도 마찬가지였다. 예전의 나는 이유를 설명하려 했다.

"그건 위험해. 안 돼. 이렇게 해야지."라고 말을 했다. 그러나 배움의 끈을 잡고 걸어왔던 어느 순간부터 아이의 행동보다 마음을 먼저 바라보게 되었다.

"속상했구나. 기다리기 싫었구나."라고 감정을 먼저 받아 주게 되니 아이의 몸과 마음이 부드러워졌다. 행동을 고치려 애쓰지 않아도, 아이는 스스로 진정할 수 있었다. 아이들은 말보다 태도에 반응했다. 관계는 말로 붙잡는 것이 아니라, 마음으로 연결되는 것을 아이들이 나에게 가르쳐주었다. 부모와의 관계에서도 변화가 나타났다.

불안한 부모와 서운함이 있는 부모를 만날 때 예전의 나는 빨리 설명하고 싶어 했다. 오해를 바로잡고 싶었고, 상황을 정리하고 싶었다. 그러나 이제 나는 먼저 부모 이야기를 충분히 듣게 된다. 부모의 말이 끝났을 때 이야기하게 되었다. 이야기를 적극적으로 끝까지 듣는 연습을 했을 때 소통이 이루어지고 있었다. 그러자 부모의 말 너머에 부모의 진짜 마음이 보이기 시작했다.

부모는 아이를 잘 키우고 싶은 마음과. 불안함을 해결하고 싶어 했다. 부모로서 인정받고 싶은 간절함도 있었다. 그 마음을 이해하는 순간, 대화는 협력이 되었다.

단단한 대화는 기술이 아니었다. 표현을 다듬는 기술도, 설득하는 능력도 아니었다. 단단한 대화는 태도였다. 상대를 바꾸려 하지 않는 태도였다. 지금 이 관계를 지키고 싶고 소통하고 싶은 마음에서 비롯되었다.

그 태도가 쌓일수록 관계는 조금씩 달라졌다. 한 번의 대화로 해결되지 않아도 괜찮았다. 다시 말 걸 수 있는 용기가 관계를 단단하게 만들었다.

교사들과의 관계에서도 나는 같은 선택을 반복했다. 아이들을 향한 사랑과 책임으로 하루를 버텨내는 교사들의 마음에 더 오래 머물렀다. 지적보다 공감을 먼저, 평가보다 질문을 먼저 선택했다. 교사회의 때도 실천해 보았다.

"그때 어떤 생각이 있었나요? 어떤 감정이었어요?"라고 질문하였다. 교사회의 분위기가 달라졌다. 서로를 방어하지 않아도 되는 공간이 생겼다. 신뢰는 그렇게 쌓였다.

단단한 대화는 상대를 이기기 위한 말이 아니라, 관계를 지키기 위한 태도이다. 단단한 관계는 한 번의 잘한 말로 만들어지지 않는다. 수없이 흔들리는 순간마다 다시 대화의 자리로 돌아올 때 감정을 숨기지 않는다. 상대를 존중하는 자세와 완벽하지 않아도 다시 말 걸 수 있는 용기가 관계를 단단하게 만든다.

나에게도 더 이상 다그치지 않기로 했다. 말하지 못한 마음을 비난하지 않았다. 대신 이렇게 묻기 시작했다.

"나는 지금 나를 이해하고 있는가?"이라고 질문하니 나의 마음은 감정으로 반응하기보다, 한 번 더 생각하고 말하려 했다. 나와의 대화가 달라지자, 관계 앞에서도 두려워하지 않았다.

말이 완벽하지 않아도 괜찮다. 중요한 것은 말의 모양이 아니라, 말에 담긴 마음이었다. 서툰 말이라도 진심이 있다면 관계는 다시 이어질 수 있다. 침묵이 필요할 때 멈출 줄 알고, 다시 말해야 할 때 용기 내어 말하는 것이 단단한 대화의 본질이었다.

단단한 대화는 상대를 바꾸지 않는다. 대신 나의 태도를 돌아보게 한다. 듣고 있는가, 기다리고 있는가, 존중하고 있는가. 그 질문이 관계를 조금씩 바꾸어 놓았다.

아이와의 관계가 깊어졌고, 교사와의 신뢰가 단단해졌으며, 부모와의 소통은 한결 부드러워졌다. 무엇보다 나는 더 이상 관계 앞에서 도망치지 않게 되었다.

오늘도 나는 완벽한 말을 하려 하지 않는다.

다만 진심으로 말하려 노력한다. 듣고, 멈추고, 다시 묻는다. 그 반복 속에서 관계는 자라고, 삶은 단단해져 왔다. 단단한 대화는 삶을 지탱하는 힘이 된다. 흔들릴 때 다시 세워주는 힘이다. 외로움 속에서도 혼자가 아니라고 느끼게 해 주는 힘이다.

　말을 고치기 전에 마음을 살피고, 이기려 하기보다 이해하려 할 때 관계는 단단해진다.

　말을 잘하는 사람이 아니라, 관계를 지켜 주는 사람이 필요하다, 단단한 대화는 관계를 지키려는 태도에서 시작된다.

# 5

# 일과 삶의 균형을
# 다시 세우다

아들의 엄마로 살아온 세월이 흘러 어느새, 아들들도 결혼하고 아이의 부모가 되었다. 두 아들의 가정에 손자들이 자라나는 모습을 바라보는 것이 또 다른 기쁨이고 즐거움이다. 부모가 자녀를 키울 때와는 차원이 다른 사랑을 배운다. 시간을 건너 이어지는 사랑의 깊이는 끝이 없다는 것을 알게 된다.

사랑은 어느 날 갑자기 완성되는 감정이 아니다. 매일의 선택 속에서, 기꺼이 함께하겠다는 태도 속에서 조금씩 자라나는 것이다. 가족이 먼 곳에 있더라도 기쁜 일이 있을 때나, 마음이 외롭고 괴로운 일이 있을 때도 가족은 함께 모인다. 사랑이 가족을 단단하게 만들어준다. 자녀가 결혼하고 수년이 지났을 때 오래도록 기다렸던 손자가 태어났다면 말로 표현이 안 되는 감미로운 사랑이 넘치게 된다.

어린이집을 운영하기 시작하면서 하루의 일과는 어린이집 일을 몰두

하고 지냈다. 아이들의 안전, 교사들의 근무, 부모 상담, 행정과 운영까지, 책임은 늘 나를 향해서 모여 있었다. 일은 내가 필요했고, 나는 필요에 응답하며 살아왔다. 처음에는 그것이 사명처럼 느껴졌다. 아이들을 돌보고, 교사를 지지하고, 부모의 불안을 함께 견디는 일은 분명 의미 있는 일이었다. 하지만 어느 순간부터 나는 일을 잘 해내고 있는지보다, 삶을 제대로 살아 내고 있는지 묻게 되었다.

어린이집 일은 무난하게 지나가고 있는데 내 마음의 감성은 점점 갈대처럼 흔들리고 있었다. 하루를 마치고 생각해 보면 보람과 가치가 흐려지고, 웃을 일이 줄어들게 되니 마음이 공허했다.

나는 늘 누군가를 돌보고 있었다. 가정에서도 어린이집에서 매일 사람과의 관계를 먼저 생각하고 다정하게 지내려고 애썼다. 그런데 이제는 내 마음이 쓸쓸하다. 일 중심으로 살았던 나는 삶의 질을 생각하기로 하였다. 삶의 균형이 맞지 않으면 마음이 우울하고 침통해진다. 자신에게 다정한 사람으로 지내는 일에는 서툴렀다. 일과 삶의 경계는 흐려졌고, 쉼은 죄책감처럼 느껴졌다. 쉬고 있으면 무언가 놓치고 있는 것 같았고, 내가 필요한 사람들을 외면하는 것 같았다. 그때의 나는 균형을 '양쪽을 똑같이 나누는 것'으로 오해하고 있었다.


삶의 방향이 조금씩 달라진 것은 아주 사소한 장면들 덕분이었다.

스승의 날을 준비하며 교사들에게 전하고 싶었던 마음을 글로 정리하고 행사 후 김 교사가 이야기하였다. "존중받고 있다는 느낌이 들어 자존감이 높아졌어요."라고 말해 주던 순간, 나는 문득 깨달았다. 내가 하는 일이 의미 있으려면, 일을 하는 사람이 먼저 존중받아야 한다는 사실이다. 일의 성과보다 관계의 온기가 더 오래 남는다는 것을 알게 되었다.

하루의 일과를 마치고 자이언트 글쓰기 수업을 매주 두 번씩 듣게 되었다. 나의 삶을 생각해 보니 고마운 일과 감사한 일이 많았다. 피곤이 몰려와 눈이 무거워질 때도 많았다. 하지만 몸이 아픈 가운데서도 성실하게 강의하는 이은대 대표님을 보면서 책임과 태도에 대해 다시 배우게 되었다.

나는 글을 쓰고 책을 읽으며 하루를 돌아보는 시간을 갖기 시작했다. 시간은 생산성을 높이기 위한 시간이 아니라, 나 자신을 다시 나에게로 데려오는 시간이었다. 일기처럼 글을 쓰며 마음의 결을 정리했고, 책장을 넘기며 생각의 속도를 늦췄다.

그때부터 나는 일과 삶의 균형을 의식적으로 다시 세우기 시작했다.

규칙적인 식사를 챙기고, 짧은 시간이라도 몸을 움직였으며, TV를 켜는 대신 나에게 집중하는 시간을 선택했다. 처음에는 어색했다. 아무것도 하지 않는 시간이 불안했고, 나를 위한 선택이 이기적인 것처럼 느껴졌다. 나 자신을 돌보는 일은 나만을 위한 일이 아니라, 내가 만나는 모든 사람을 위한 준비라는 사실을 조금씩 깨달았다.

나는 더 이상 나를 소진하며 헌신하지 않기로 했다. 대신 오래도록 곁에 머물 수 있는 방식으로 사랑하기로 선택했다. 자기 자신을 돌보지 못한 채 누군가를 온전히 품을 수 없다는 사실을 이제는 분명히 안다. 내가 배우고 실천하려는 사랑은 타인에게만 향하지 않는다. 나의 몸과 마음을 살피고, 배움을 멈추지 않고, 나 자신에게도 친절해지는 일 역시 사랑이다.

"나는 중요한 것에 시간을 쓰고 있는가?"

나를 오랫동안 이 질문을 하지 않았다. 성취 중심의 삶이 어느 순간 관계와 자기 성찰, 내면의 평화를 밀어내고 있다는 사실을 깨닫게 된 것이다.

사다리를 얼마나 빠르게 오르는지가 아니라, 사다리가 어떤 벽에 기대어 있는지가 중요하다는 메시지는 내 삶을 돌아보게 했다. 균형이란 일을 줄이는 것이 아니라, 삶의 중심을 다시 세우는 일이라는 것을 배웠다.


꽃이 피고 나무가 푸르러지는 계절, 나는 가족을 돌아보고 관계를 되새긴다. 사랑은 특별한 날에만 존재하지 않는다. 매일의 일상에서 발견하고 실천할 때 비로소 힘을 가진다. 아침에 건네는 안부 인사, 저녁에 나누는 짧은 대화, 말없이 곁에 머무는 시간이 사랑을 이어 준다. 긴 세월 동안 고난과 어려움이 삶의 길 위에 놓여 있었지만, 나는 꺾이지 않고 걸어왔다. 아이들의 웃음과 눈빛에서 힘을 얻었고, 이제는 두 아들이 각자의 가정을 이루어 아버지가 되었으며, 귀한 손자들이 내 삶에 찾아왔다.

견뎌낸 시간 속에 피어난 감사는 나를 단단하게 만들었다. 감사는 사랑을 더 깊게 했고, 삶의 속도를 조절할 줄 알게 했다. 이제 나는 말할 수 있다. 눈물은 헛되지 않았고, 견딘 시간은 반드시 열매로 돌아온다는 것이다. 인생의 가장 큰 선물은 결국 성취가 아니라, 사랑과 감사 속에서 살아가는 일이다.

일과 삶 사이에서 균형을 다시 세운다는 것은, 더 적게 일하겠다는 선언이 아니었다. 더 소중한 것을 놓치지 않겠다는 선택이었다. 오늘 만나는 사람에게 따뜻함을 건네고, 작은 일상에서도 사랑을 실천하는 삶이었다. 그 삶이 나를 더 의미 있고 빛나게 만든다.

일과 삶 사이에서 균형을 다시 세우고, 나는 비로소 잘 살아 내는 사람이 되어가고 있다.

# 6

# 리더십은 사람을
# 이해하는 힘이었다

사람을 남기는 자리는 언제나 중요했다. 어린이집을 운영하며 가장 자주 듣는 질문이 있다.

"원장님, 이렇게 오래 운영하신 비결이 뭔가요?"

이 질문을 받을 때마다 나는 잠시 멈춘다. 정부의 정책변화에 대한 적응 능력일까, 운영의 비법일까, 운이 좋았던 걸까. 여러 가지 생각은 떠오르지만, 끝내 마음에 남는 대답은 늘 하나였다.

"사람이었어요."

아이를 키우는 공간에서 가장 중요한 것은 결국 사람의 마음이라는 사실을 나는 많은 날을 지나며 배웠다. 시설이 좋아도, 프로그램이 훌륭해도, 그 공간을 채우는 어른의 마음이 흔들리면 아이의 하루는 안전하지 않다. 리더십이란 앞에서 끌고 가는 힘이 아니라, 곁에서 함께 걷는 태도라는 사실을 알게 되었다. 단단한 인생은 혼자 만들어지지 않는다. 서로를 이해하고 지켜보며, 함께 버텨온 시간이 쌓여 비로소 만들어진다.

초기의 나는 책임지는 지도자가 되려고 애썼다. 모든 일을 내가 확인하고, 내가 판단하고, 내가 결정해야 조직이 흔들리지 않는다고 믿었다. 누군가 실수하면 대신 수습했고, 문제가 생기면 먼저 나서서 해결했다. 그렇게 하면 조직이 안전할 것으로 생각했다. 하지만 시간이 지날수록 알게 되었다. 책임지는 지도자가 되려는 방식은 사람을 보호하는 것 같았지만, 동시에 사람을 자라지 못하게 하고 있다는 사실을 알게 되었다. 리더가 모든 답을 쥐고 있을 때, 공동체는 잠시 편할 수는 있어도 오래 건강하지는 못했다.

이해가 지도력이 되던 순간들은 언제나 사람 앞에서 찾아왔다.

우리 어린이집의 가장 큰 힘은 교직원들의 헌신과 열정이었다. 아이들의 웃음 뒤에는 늘 보이지 않는 어른들의 손길이 있었다. 어린이집 한 곳에서 14년과 8년째 근무하고 있다는 것은 교사의 인내와 아이사랑이 있었기 때문이다. 교사는 어린이집의 계절과 변화를 가장 많이 품어온 사람이다. 어린이집이라는 공동체에서 아이들의 작은 변화도 놓치지 않고, 교사와 부모들의 마음도 먼저 살피는 운영 태도는 말보다 행동으로 전해졌다.

2023년 6월 오래도록 함께했던 선생님이 갑상샘 수술을 받았을 때,

나는 마음이 무거웠다. 혹시 가족이 먼저 쉬어야 한다고 말하지 않을까 걱정했다. 그러나 수술 후 돌아온 선생님은 여전히 아이들 곁에 서 있었다. 이전보다 더 조심스럽고, 더 성실하게, 더 깊은 눈빛으로 아이들을 바라보고 있었다. 아픔을 겪은 사람만이 가질 수 있는 건강에 대해 단단함이 그의 태도에 배어 있었다. 리더십은 누군가를 대신해 판단하는 힘이 아니라, 그 사람의 삶을 존중하는 태도이다.

우리 어린이집 공동체는 책임감과 성실함이 남다른 교사가 있다. 맡은 역할 앞에서 늘 한 걸음 더 생각하고, 한 번 더 확인한다. 아이들의 안전과 일과를 동시에 품는 일은 전혀 가볍지 않다. 지치고 힘들어 보이는 날도 있었지만, 그는 자신의 자리를 꾸준하게 지켜 주었다. 이유를 묻자 이렇게 말했다.

"아이들이 너무 예쁘고 사랑스러워요."라는 한마디 말속에 교사로서의 사명감이 고스란히 담겨 있었다. 선생님 모두는 아이를 대하는 눈빛이 다르다. 일을 처리하는 사람이 아니라 관계를 맺는 사람으로 아이를 바라본다. 규칙보다 마음을 먼저 살피고, 작은 위험도 미리 대비하며, 작은 변화도 놓치지 않으려 애쓴다. 노력은 화려하지 않지만 매일의 일상에서 조용히 이어진다. 그렇게 쌓인 신뢰는 결국 부모에게도 전해진다.

"안심하고 맡길 수 있어요. 아이가 어린이집 가는 걸 정말 좋아해요."

이 말은 최고의 칭찬이다. 어린이집은 단순한 돌봄의 공간이 아니라, 놀이로 배우고 마음으로 자라는 삶의 터전이 된다.

나의 지배력도 바뀌었다. 나는 더 이상 사람을 관리하지 않기로 했다. 대신 이해하려고 노력했다. 누군가 실수했을 때, 바로 지적하기보다 질문하기 시작했다.

"무엇이 어려웠어요? 무엇이 문제인 것 같아요?"

그 질문 하나가 사람의 어깨를 내려놓게 했다. 이해받는 경험은 사람을 방어하게 만들지 않는다. 오히려 스스로 책임지게 만든다.

지도력은 성과를 관리하는 기술이 아니라, 사람의 마음을 잃지 않는 선택의 연속이다. 오늘 하루 교직원들이 서로에게 건네는 작은 배려가 아이들에게도 고스란히 전해진다. 서로를 존중하고 격려하는 분위기 속에서 아이들은 사랑과 배움으로 성장한다. 어른의 태도는 아이의 정서가 된다.

나는 완벽한 지도자가 되려고 애쓰지 않는다. 대신 흔들리는 사람 옆에 머무는 지도자가 되기로 했다. 아픈 사람, 지친 사람, 마음이 무너진 사람을 대하는 태도가 곧 공동체의 철학이라는 것을 알게 되었기 때문이다. 진짜 지도력은 위기 속에서 드러난다. 성과가 흔들릴 때, 제도가 바뀔 때, 누군가 아플 때, 어떤 선택을 하느냐가 공동체의 방향을 결정한다.

돌이켜보면 우리는 기적을 만들기 위해 애쓰지 않았다. 다만 하루하루 아이를 진심으로 바라보고, 동료를 존중하고, 서로의 삶을 이해하려 노력했을 뿐이다. 나는 아픈 몸으로도 자리를 지킨 선생님의 꾸준함과 책임을 회피하지 않는 선생님의 성실함을 존경한다. 묵묵히 아이들을 품어온 모든 교직원의 마음이 모여 오늘의 어린이집을 만들었다. 노력과 사랑은 그렇게 모여 아이들의 꿈을 응원하는 어린이집이 되었다. 단단한 인생은 특별한 사건으로 만들어지지 않는다. 사람을 이해하려는 마음, 포기하지 않는 태도, 함께 가겠다는 약속이 쌓여 만들어진다. 중심에 지도력이 있다. 사람을 움직이는 힘이 아니라, 사람을 이해하는 힘으로 서는 지도력이다.

사람을 이해하는 힘이 결국 공동체를 살린다. 먼저 어른의 마음이 안정되어야 아이의 마음에 꽃이 핀다.

# 과거의 나에게
# 해 주고 싶은 말

바쁘게 살아온 나에게, 이제는 말을 걸 수 있다. 만약 지금의 내가 과거의 나를 잠시 만날 수 있다면, 나는 서둘러 충고하지 않을 것이다. "그때 그렇게 하지 말았어야지. 조금 더 쉬었어야지."라는 조언도 하지 않을 것이다. 대신 그 얼굴을 오래 바라봐 주려고 한다. 피곤이 가득한 눈, 늘 무언가를 놓칠까 봐 조급해 보이던 표정, 책임을 혼자 짊어진 사람처럼 굳게 다문 입술을 바라본다. 그리고 조용히 이렇게 말해 줄 것이다.

"참 바쁘게도 살았구나. 쉬어 가면서 살아도 되고, 멈춰도 괜찮을 텐데. 그렇게 열심히 살아 냈구나."

책을 펼치고, 강의를 듣고, 자격증을 준비하고, 늦은 밤까지 학교 과제를 붙들고 있었다. 하루를 가득 채워 살아야 마음이 놓였던 시간이었다.

"그렇게 바쁘게만 살지 말고, 여행도 좀 다니고 살아."라고 지인들이 이야기해 주었다. 그때는 쉬는 법보다 배우는 법을 먼저 익힌 사람이었다.

배움은 나에게 선택이 아니라 생존이었다.

무너질 것 같은 순간마다 나를 붙잡아 주는 손잡이였고, 다시 일어나게 하는 힘이었다. 어린 시절 충분히 채워지지 못했던 배움에 대한 갈증은 오랫동안 나를 재촉했다.

"조금만 더 열심히 해 봐. 아직은 부족해."

마음속의 목소리는 나를 성장시키기도 했지만, 동시에 나를 쉬지 못하게 만들었다. 아이를 키우면서도, 어린이집을 운영하면서도 나는 쉼을 선택하지 못하였다. 느긋하게 여유 있는 시간을 보내지 못하고 스스로 재촉하며 살았다. 밤늦게도 졸린 눈을 비비며 공부하던 날들이 있었다. 몸은 피곤함도 있었지만, 마음 한편에는 묘한 만족이 있었다.

"나는 아직 멈추지 않았어. 나는 지금도 성장하고 있어."라는 생각은 나를 다시 책상 앞에 앉게 했다. 새로운 배움 앞에서 움직이게 하였다. 인정받고 싶어서만도 아니었다. 남들보다 앞서기 위해서만도 아니었다. 그것은 불안한 세상에서 나를 지켜내기 위한 가장 나다운 방식이었다.


아이를 더 잘 키우고 싶었고, 교사들을 더 잘 이끌고 싶었고, 부모들의 마음을 더 잘 이해하고 싶었다. 그 마음이 나를 계속 배우게 했다. 배움은 도망이 아니었다. 나를 더 나은 사람으로 만들기 위해 선택한, 서툴지만 진심 어린 몸부림이었다. 나는 어느새 배우는 사람을 넘어,

누군가에게 전하는 사람이 되었다. 자기 계발과 동기부여, 부모 교육과 교사 교육에 관심을 두게 되었고, 때로는 강의하고 글을 쓰는 사람이 되었다.

그 출발점에는 과거의 내가 있었다.

불안했지만 포기하지 않았고, 두려웠지만 멈추지 않았던 내가 있었기에 여기까지 나를 데려왔다.

글쓰기와 독서는 내 삶의 리듬을 바꾸어 놓았다. 감사의 마음을 기록하는 습관은 생각보다 큰 힘을 가졌다. 글로 적기 전까지는 스쳐 지나갔던 작은 배려와 도움들이, 문장이 되는 순간 삶의 의미로 남았다.

나는 오늘도 글을 쓰고 책을 읽으며 마음을 정리한다. 하루를 돌아보고, 배운 것을 삶에 연결하고, 나 자신을 다그치기보다 이해하려 애쓴다. 완벽한 글을 쓰는 것이 중요한 것이 아니라, 진짜 마음을 남기는 것이 중요하다는 사실을 알게 되었다.

글쓰기와 독서는 나를 증명하는 도구가 아니라, 나를 위로하는 언어가 되었다.

"이제는 조금 느려도 괜찮아. 너는 이미 충분히 잘해 왔어."

"배움으로 너 자신을 증명하지 않아도 돼."

결핍은 여전히 내 안에 있었다. 그러나 이제는 결핍 때문에 나를 몰아붙이지 않는다. 대신 다른 사람의 갈증과 아픔을 보게 되었다.

과거에 나는 "왜 이만큼밖에 안 되지?"라고 자신을 흔들었다면, 이제는 "그래서 나는 욕심 많은 사람으로 보였구나."라고 말해 주게 되었다.

배움의 목적은 더 앞서가기 위함이 아니라, 더 깊이 이해하고 사랑하기 위함이었다. 더 많이 쌓기보다, 더 많이 나누고 싶어졌다. 더 높이 오르기보다, 더 넓게 품고 싶어졌다. 배움으로 나를 살렸던 사람답게, 이제는 사람을 살리는 삶을 살고 싶었다.

누군가의 불안 앞에서 조급한 해결책을 내놓기보다, 함께 머물 줄 아는 사람이 되고 싶었다. 배움에 대한 결핍은 약점이 아니었다. 성장의 씨앗이었다. 바쁘게 살아온 시간은 헛되지 않았다. 결핍이 나를 움직이게 했고, 무너지지 않고 세웠으며, 오늘의 나를 만들었다.

이제는 더 배우는 것보다, 배운 것을 어떻게 나누고 살 것인지가 더 중요해졌다. 진정한 성장은 함께 나누며 세워줄 때 시작된다는 것도 알게 되었다.

고난은 현재를 증명하기 위해 존재하는 것이 아니라, 삶의 가치를 이해하기 위해 주어지는 시간이었다.

나는 이제 나 자신을 함부로 대하지 않는다. 잘 견뎌온 사람에게는 따뜻하게 등을 내어줄 줄 아는 어른이 되었다.

지금의 내가 과거의 나를 이해해 줄 수 있다면, 그것만으로도 인생은 풍요롭고 단단해졌다.

나는 더 이상 과거를 부끄러워하지 않는다. 바쁘게 살았던 시간도,

결핍에 쫓기듯 공부했던 날들도, 잠을 줄여가며 버텨낸 순간들도 모두 나를 만든 재료였다. 그 모든 시간이 있었기에 지금의 나는 조금 더 여유롭게 말할 수 있다.

"괜찮아. 너는 충분히 잘해 왔어."

완벽한 엄마가 아니어도 괜찮다. 충분히 좋은 내가 되면 된다. 그동안 애써 온 시간만으로도 이미 가치 있는 삶이다.

나는 오늘도 배운다. 그러나 이제는 나를 증명하기 위해서가 아니라, 나를 사랑하기 위해 배운다.


과거의 나에게 조용히 속삭인다.

"바쁘게 살아 낸 너, 마음을 보듬어 주렴. 인생은 곱고 아름답단다."

# 고난이 나였던 시간,
# 배움이 나를 살렸다

오래도록 나는 고난을 겪고 있는 것이 아니라, 고난 자체로 살고 있었다. 내 삶에 고난이 들어온 것이 아니라, 내가 곧 고난인 사람처럼 느껴졌다. 말하지 못한 마음의 이름들이 가슴 안에 차곡차곡 쌓여 있었다. 억울함과 부끄러움, 설명되지 않는 슬픔과 이유 없는 눈물이 고였다.

누가 특별히 상처를 준 것도 아닌데 작은 말 한마디에도 마음이 흔들렸고, 눈물은 나보다 앞서 나왔다. 사람들 앞에서는 늘 괜찮은 척 웃었지만, 돌아서면 가슴 한편이 조용히 무너졌다. 무엇이 그렇게 아픈지, 왜 나는 이렇게 쉽게 흔들리는지 알 수 없었다. 다만 분명했던 것은, 나는 성공하고 싶었던 마음이 늘 가득했다는 사실이다.

나는 고난을 피하려 하지도 않았고, 정면으로 바라보지도 못했다. 그저 참고 견디는 것이 삶의 방식이라고 믿었다. 질문하는 것이 대드는 것으로 생각하며 살았다. 그래서 질문하지 않는 것이 어른스러움으로 알고 살았다. 말하지 않고 묵묵히 견디는 것이 인내라고 생각했다. 감정은 사치처럼 느껴졌고, 나의 마음을 들여다보는 일은 늘 다음으로 미뤄두었다.

그렇게 하루하루를 살아 냈다. 버티는 삶, 설명하지 않는 삶, 울음을 삼키는 삶. 겉으로는 단단해 보였지만, 안에서는 조금씩 흐느끼고 있었다.

글을 쓰기 시작한 것은 아주 우연한 계기였다. 누군가에게 보여주기 위해서도, 잘 쓰기 위해서도 아니었다. 마음이 너무 복잡하고 무거워서, 어디라도 내려놓지 않으면 숨을 쉴 수 없을 것 같았다.

종이 위에 문장을 하나씩 적어 내려가기 시작했다.

처음에는 두서가 없었다. 감정은 엉켜 있었고, 문장은 매끄럽지 않았다. 그러나 글을 쓰는 동안 한 가지 분명해졌다. 내 안에는 아직 살아 있는 감정이 있었다. 덮어두고, 모른 척하고, 참고 지나온 마음들이 문장이 되어 하나둘 고개를 들었다.

어두운 감정들과 마주하는 일은 생각보다 훨씬 어려웠다. 도망치고 싶었고, 다시 덮고 싶었다. 하지만 글은 이상하게도 나를 놓아주지 않았다.

"마음아! 여기까지 왔잖아. 이제는 같이 길을 걸어보자." 나는 다음으로 미뤄두었던 감정을 잡고 나에게로 관심을 돌렸다.

그때 만난 한 문장이 오래도록 내 마음에 남아 있다. 죽음의 수용소를 다룬 책에서 저자는 이렇게 말했다.

"사람은 고통을 피할 수는 없지만, 고통에 어떤 의미를 부여할지는 선택할 수 있다." 라는 문장은 위로라기보다 질문처럼 다가왔다.

"나는 지금까지 나의 삶을 어떻게 바라보고 있었지?"

고난이 나의 삶이었던 시간이 떠올랐다. 어린 시절의 영상이 머릿속에서 지나가고 있었다. 넉넉하지 않았던 일상이었다. 마음의 여유는 없었다. 물질의 부족함과 마음의 고됨의 날들이 함께 지나가고 있었다. 나의 부모에게 내가 갖고 싶었고, 하고 싶은 일들을 말할 수 없는 환경이었다.

청소년 시절, 나는 부모 곁을 떠나 부산으로 오게 되었다. 세 번째 언니가 부산에 있었기 때문에 무작정 부산으로 오게 되었다. 그때는 나이가 어려도 회사에 다닐 수 있었다. 낮에는 회사에서 일하고, 퇴근 후 저녁에는 학교로 향했다. 늘 힘들고 혼자였다. 그렇지만 외롭지 않았다. 힘들어도 이겨낼 수 있었고 공부하는 것이 즐거웠다. 어릴 때 시골에서 뛰어놀았던 것이 체력이 되었다. 내 삶의 기초 체력은 아마도 시골에서 열심히 산과 들을 뛰어놀았던 것 때문에 단단하게 단련이 되었다. 견디는 법과 포기하지 않는 법, 책임을 피하지 않는 태도는 어린 시절 몸에 배어 있었다.

결혼 후에도 삶은 순탄하지 않았다. 서로 다른 생활 습관, 생각의 차이, 감정을 표현하는 방식의 어긋남은 자주 나를 혼란스럽게 했다. 이해받지 못한다는 느낌은 억울함으로 남았고, 말하지 못한 마음은 부끄러움이 되었다. 갈등은 반복되었고, 나는 점점 감정을 삼키는 사람이 되어갔다.

그 시절의 나는 고난을 겪고 있다기보다, 고난이라는 옷을 입고 살아가는 사람이었다. 벗어날 방법을 알지 못한 채, 그것이 나의 정체성인 것처럼 살았다.

삶을 그대로 견디며 살아갈 것인가, 아니면 배움을 통해 나를 다시 세울 것인가.

나는 늦은 나이였지만 망설이지 않고 배움을 선택했다. 그것은 도피가 아니라, 나를 다시 만나기 위한 선택이었다.

배움은 생각보다 조용히 나를 바꾸어 놓았다. 책을 읽고, 요약하고, 다시 쓰는 과정에서 놀라운 일이 일어났다. 지식이 쌓인 것이 아니라, 내가 나를 이해하기 시작한 것이었다.

나는 농담 중에도 마음의 상처를 받았고, 아무 일도 하지 않고 가만히 있으면 불안해졌다. 스스로 채찍질하고, 작은 일에도 죄책감을 느꼈다. 배움은 나에게 질문을 하도록 용기를 주었다. 그 질문들은 나를 조금씩 자유롭게 만들었다.

어린이집에서 아이들과 지내며, 부모와 교사들을 만나는 일상에서도 배움은 계속되었다.

아이들의 울음에는 이야기가 있었다. 하고 싶은 이야기가 담겨 있었다. 아이들의 요구사항을 관찰해 보면 그 안에 답이 있었다. 아이의 행동에는 이유가 있다. 아이의 행동이 문제가 아니라 아이를 둘러싸고 있는 환경을 찬찬히 관찰하고 이해하면 해결이 될 수 있다. 부모의 불안이 아이의 까다로움으로 느껴지기도 한다.

배움은 나를 더 강하게 만든 것이 아니라, 더 부드럽게 만들었다. 감정을 없애는 법이 아니라, 감정과 함께 사는 법을 가르쳐 주었다.

글쓰기는 나를 알아가는 여정이었고, 동시에 삶을 다시 사랑하게 만드는 길이었다. 상처를 없애려 애쓰지 않고, 그 상처와 함께 걷는 법을 배웠다. 눈물이 많은 나를 약하다고 여기지 않게 되었고, 울컥하는 마음을 부끄러워하지 않게 되었다.

그것은 내가 나로 살아 있다는 증거였고, 타인의 마음에 다가갈 수 있는 통로였다.

돌아보면, 고난은 나를 무너뜨리기만 한 것이 아니었다. 고난은 나를 깊게 만들었고, 배움은 그 깊이를 의미로 바꾸는 도구가 되었다.

고난은 끝나지 않았지만, 삶은 분명히 달라졌다. 나는 더 이상 고난과 나를 동일시하지 않는다. 고난은 내가 아니라, 내가 지나온 시간 중 하나일 뿐이다.

이제 나는 말할 수 있다. 고난이 나였던 시간은 헛되지 않았다. 배움이 나를 살린 것은 우연이 아니었다. 고난은 나 자신을 포기하지 않았다는 가장 분명한 증거였다.

고난은 피해야 할 실패가 아니라, 삶의 깊이를 만드는 재료였다. 배움은 지식을 쌓는 일이 아니라, 자기 자신을 이해하는 과정이었다.

글쓰기는 마음의 상처로 삶을 정직하게 바라보는 용기였다. 늦은 시작은 없다. 지금 선택하는 배움이 앞으로의 삶을 바꾼다. 고난이 나였던 시간은 지나갔지만, 그 시간이 있었기에 지금의 내가 있다. 그리고 오늘도 나는 다시 배움을 선택하며 살아간다.

고난 속에 갇혀 지냈던 날을 지나, 배움의 아름다운 인생으로 흘러가게 하였다.

# 이제 저는,
# 버티는 삶을 졸업합니다

젊은 날의 저는 삶을 살아 낸다기보다, 하루하루를 견디는 사람이었습니다. 고난은 어떤 사건이 아니라 제 삶 그 자체였고, 오늘을 무사히 넘기는 것만으로도 자신을 다독여야 했던 시절이 있었습니다. 그 시간을 지나오며 저는 늦은 배움을 통해 다시 숨을 쉬는 법을 배웠고, 이 책은 기록이자 고백입니다.

나가는 글을 끝으로 저는 한 권의 책을 마무리하지만, 제 삶의 이야기가 끝나는 것은 아닙니다. 오히려 이 마지막 문장을 써 내려가는 지금, 저는 처음으로 다음 장을 어떻게 살아가고 싶은지 또렷하게 떠올리고 있습니다. 예전의 저는 하루를 무사히 넘기는 데에만 집중하며 살아왔습니다. 잘 살아 있는 지보다는 무너지지 않는 것이 더 중요했고, 질문을 던지기보다는 참고 견디는 일이 훨씬 익숙했습니다. 그렇게 살아온 시간이 참으로 길었습니다. 돌아보면 저는 늘 '해야 하는 사람'이었습니다. 엄마였고, 원장이었으며, 누군가의 기대를 감당해야 하는 자리에 서 있었습니다. 아이를 키우는 일은 선택이 아니라 책임이었고, 어린이집을 운영하는 일은 마음만으로는 버틸 수 없는 현실이었습니다. 관계는 늘 저를 시험했고, 저는 자주 스스로 부족하다는 판결하곤 했습니다. 잘해 보려 애쓸수록 더 힘들어졌고, 애써 괜찮은 척할수록 마음은 점점 더 지쳐갔습니다. 그때의 저는 알지 못했습니다. 제가 약해서 힘든 것이 아니라, 너무 오랫동안 저 자신을 이해하지 못한 채 살아왔다는 사실을 말입니다. 감정은 눌러야 할 것으로 여겼고, 불안은 견뎌야 할 몫이라 생각했습니다. 누군가에게 기대는 법보다 혼자 감당하는 법을 먼저 배웠고, 도움을 요청하는 일은 늘 뒤로 미뤄두었습니다. 그렇게 버티는 삶은 어느새 저의 정체성이 되어 있었습니다.

전환은 아주 조용하게 찾아왔습니다. 늦은 나이에 다시 배움의 자리에 앉았을 때, 저는 처음으로 '모르는 사람'이 되었습니다. 그 자리는 전혀 편하지 않았지만, 이상하게도 숨을 쉴 수 있는 공간이었습니다. 배우는 과정에서 저는 아이나 부모, 교사보다 먼저 저 자신의 마음을 바라보게 되었습니다. 감정을 이해하는 언어를 배우며, 그동안 얼마나 많은 순간을 오해 속에서 살아왔는지 깨닫게 되었습니다. 배움은 저를 더 완벽한 사람으로 만들지 않았습니다. 대신 저를 조금 덜 몰아붙이게 했습니다. 모든 상황에서 정답을 찾아야 한다는 생각에서 벗어나게 되었고, 관계에서 늘 잘해야 한다는 강박도 조금씩 내려놓게 되었습니다. 원장은 답을 주는 사람이 아니라 질문을 견디는 사람이라는 사실을, 엄마는 완벽한 존재가 아니라 성장하는 존재라는 사실을 그제야 받아들일 수 있었습니다.


　1장에서는 젊은 날의 삶과 육아의 시작을 돌아보았습니다. 준비되지 않은 출산과 연이은 육아 속에서 버티듯 살아야 했던 시간, 서툴고 불안했던 엄마로서의 제 모습이 담겨 있습니다.

　2장에서는 부모와 교사, 아내와 한 인간으로서 겪었던 관계의 어려움과 갈등을 통해 배운 삶의 통찰을 풀어냈습니다. 관계 속에서 상처받고 흔들리면서도, 그 안에서 성장의 씨앗을 발견했던 이야기를 담았습니다.

　3장에서는 어린이집을 운영하며 아이와 부모, 교사 사이에서 배운 삶의 태도와 지도력을 기록했습니다. 누군가를 돌본다는 것이 결국 나 자신을 돌아보는 일임을 깨닫게 된 과정이 담겨 있습니다.

　4장에서는 늦은 나이에 다시 시작한 공부 이야기를 전했습니다. 이미 늦었다는 두려움 앞에서도 배움이 제 삶을 무너뜨리지 않고 오히려 다시 세워주었던 경험을 솔직하게 담았습니다.

　5장에서는 그 모든 시간을 지나 지금의 제가 되기까지, 흔들리며 단단해진 삶의 이야기를 정리했습니다. 고난은 사라지지 않았지만, 그것을 바라보는 제 시선이 달라졌음을 고백합니다.

단단한 인생은 참아낸 시간의 총합으로 만들어지는 것이 아니라, 이해한 시간의 깊이로 만들어진다는 사실을 말입니다. 고난은 사라지지 않습니다. 다만 그 고난을 대하는 태도는 달라질 수 있습니다. 예전의 저는 고난 앞에서 자신을 다그쳤다면, 지금의 저는 고난 앞에서 질문을 던집니다. "이 시간은 저에게 무엇을 요구하고 있는 걸까요."라고 말입니다.

이 글을 읽고 계신 여러분 역시 비슷한 길 위에 서 계실지도 모르겠습니다. 책임이 커질수록 자신은 늘 뒤로 밀려났고, 버텨온 시간이 길어질수록 다시 시작하는 일이 두려워졌을지도 모릅니다. 혹시 지금도 '이 나이에', '이 상황에서'라는 말로 자신의 가능성을 닫아 두고 계시지는 않으신가요. 혹시 아직도 잘 해내지 못한 자신을 탓하며 하루를 마무리하고 계시지는 않으신가요.

저는 이제 분명히 말씀드릴 수 있습니다. 늦은 인생은 없습니다. 다만 너무 오랫동안 자신을 돌보지 못한 시간이 있었을 뿐입니다. 그리고 그 시간은 실패가 아니라, 다시 배우기 위한 준비 기간이었습니다. 삶은 언제든 다시 해석될 수 있고, 그 순간부터 방향은 달라질 수 있습니다.

이 글을 덮는 순간, 여러분의 현실이 갑자기 바뀌지는 않을 것입니다. 고난이 멈추지도 않을 것입니다. 그러나 아주 작은 변화는 분명히 시작될 수 있습니다. 스스로 건네는 말이 조금 더 부드러워지고, 실패를 바라보는 시선이 조금 더 느슨해질 수 있습니다. 그리고 언젠가는 이렇게 말할 수 있기를 바랍니다.

"저는 아직 부족한 사람이 아니라, 계속 배우고 있는 사람입니다"라고 말입니다.

이제 저는 더 이상 버티는 삶에 머물지 않으려 합니다. 이해하는 삶으로, 질문하는 삶으로, 저 자신을 살리는 선택을 하며 살아가려 합니다. 이 글이 여러분에게도 같은 선언이 되기를 진심으로 바랍니다. 이미 충분히 견뎌오셨고, 이미 충분히 애써 오셨습니다. 이제는 자신을 살리는 방향으로 삶을 이어가셔도 괜찮습니다.

이 책을 읽어 주신 모든 분께 깊이 감사드립니다. 독자님의 삶에도 배움과 쉼이 되고, 고단함을 건너는 힘이 되기를 진심으로 응원합니다.

이제 우리는 버티는 삶을 지나 배움으로 살아가는 사람이 됩니다.

2026. 봄.

이순자